AF465772

LETTRE

A Monsieur J. M. M.

Montréjeau, 21 septembre 1825.

MONSIEUR,

J'ai reçu, il y a déjà quelques jours, la lettre que vous m'avez fait l'honneur de m'adresser, ainsi que l'ouvrage dont elle était accompagnée. D'après les circonstances qui avaient précédé cet envoi, j'ai dû sans doute le considérer comme une invitation de votre part, pour me forcer à remplir l'engagement que j'avais contracté envers vous, dans la chaleur d'une discussion médicale. Il m'aurait été bien agréable que vous eussiez voulu me dispenser d'un travail aussi fastidieux; je vous avoue que j'ai une répugnance extrême à m'occuper d'un écrit de ce genre; une anatomie des plus défectueuses, une physiologie des temps les plus barbares, une pathologie, une étiologie assorties à cet ensemble, n'ont guère de charmes pour quelqu'un qui connaît l'état actuel de la science. N'est-il pas déplorable, en effet, qu'après les travaux immortels opérés de nos jours sur l'anatomie pathologique, la persévérance inouie qu'ont apportée des hommes célèbres à explorer dans les ouvertures cadavériques les lésions des différens appareils, des organes, des tissus divers; après les comparaisons innombrables qu'ils ont faites de ces lésions, avec les symptômes qui avaient coïncidé sur le vivant, et qui, pour le dire en passant, ont jeté sur le diagnostic médical, une lumière si vive, qu'elle ne peut plus désormais être méconnue que par des médicastres; n'est-il pas déplorable, dis-je, que nous soyons forcés à combattre une théorie exhumée de la poussière des écoles, et dont le fouet satirique de Molière semblait avoir relégué le jargon ridicule, dans la bouche des Purgon et des Diafoirus? Cependant, Monsieur, vous insistez; vous venez réclamer l'exécution d'une promesse que vous voulez considérer comme un devoir. Hé bien! puisqu'il en est ainsi, je vais m'exécuter franchement. Toutefois, j'ai l'honneur de vous prévenir qu'en parcourant les divers volumes que vous m'avez transmis, je me suis aperçu qu'ils sont presque entièrement couverts de notes marginales écrites de votre main. Or, je me suis engagé, comme vous le savez, à réfuter un seul écrivain; vous ne trouverez donc pas mauvais que je laisse de côté tout ce qui vous appartient, pour m'attacher uniquement à votre auteur. Au reste, si je suis assez heureux pour me faire entendre de vous, peut-être trouverez-vous la réfutation indirecte de vos notes dans celle de l'ouvrage lui-même.

Un auteur qui prend la plume pour fronder des adversaires, et qui écrit sur un sujet d'une aussi haute importance que la médecine spéculative, ne saurait être assez avisé dans le cours de son livre, et sur-tout aux premières pages, pour ne point laisser échapper des erreurs. Toute l'attention de l'écrivain et de ceux qui le lisent se porte ordinairement sur le préambule, parce que c'est là qu'on établit les principes; c'est là aussi qu'on doit trouver de la méthode, du savoir et du jugement. Le livre de la Médecine curative pèche contre ces trois chefs principaux; c'est un dédale ténébreux où le fil conducteur ne se montre jamais. En le lisant, on contracte l'obligation de suivre l'auteur à travers des sentiers tortueux, dont il ne prend pas seulement la peine de préparer les communications et les issues. On erre avec lui comme le pilote au milieu des mers, sans boussole et sans voiles. Encore s'il avait classé ses matériaux dans un ordre quelconque d'affinité, serait-il possible de le suivre ; mais on les voit épars çà et là, et souvent les plus disparates sont à côté les uns des autres: ce serait donc perdre un temps précieux, que d'exposer ici cet informe assemblage.

Votre auteur entre en matière en nous parlant, de prime abord, du principe de l'animation, et du principe moteur de la vie; comme si le premier ne renfermait point en soi la cause du second. Etrange abus de mots, qui manque rarement de produire la confusion et l'obcurité des idées! Il faut arriver à la page 23, pour apprendre enfin que le sang est, selon lui, le principe moteur de la vie. Cela ne l'a pas empêché d'énoncer, dans l'intervalle, d'autres propositions, dont nous discuterons plus tard la validité. Me voilà donc contraint d'intervertir la marche de son ouvrage, et de commencer la discussion comme il eût dû lui-même entreprendre son travail.

« Le principe de l'animation est, sans contredit, un des » plus impénétrables secrets du Créateur; mais, dans son » ineffable bonté, il a permis à l'homme de connaître le » principe moteur de la vie. » *Page* 1.

Eh quel est donc, Monsieur, l'homme qui peut se flatter de connaître ce principe ? Les livres écrits avant l'époque actuelle sur cette matière, ne contiennent que des subtilités, des hypothèses plus ou moins ingénieuses. L'antiquité nous offre tout à la fois un agent concupiscible, irascible et rationnel. Plus tard nous trouvons l'intelligence de la nature, son autocratie; nous voyons ensuite des atomes crochus, doués de haine ou d'amour : enfin, pour arriver à des temps plus modernes, Wanhelmont, Paracelse nous montrent tour à tour des archées, des acides, des creusets, en un mot les fourneaux de Vulcain. Sthal nous donne son principe rationnel présent partout, mais oubliant par l'effet de l'habitude l'impression qui résulte des actes de la vie organique. Willis admet les esprits vitaux, Barthés et Gorther le principe vital.

L'école fondée par Haller, illustrée par les Lacaze, les Bordeu, les Cabanis, les Bichat, les Gall, a renversé ces systèmes d'erreurs, pour y substituer une doctrine brillante de faits, et que j'ose appeler positive. C'est le burin de l'anatomie qui l'a installée dans le sanctuaire de la science, où elle doit reposer désormais comme ces éternelles vérités gravées sur les colonnes des temples de l'antique Grèce, et transmises jusqu'à nous par le vieillard de Cos. Cette école établit, que l'expansion générale des nerfs constitue la trame fondamentale de l'organisme animal; que sans elle il n'existe point d'animalité, et que celle-ci se présente avec des caractères d'autant moins équivoques, que les nerfs sont plus nombreux et adaptés à des fonctions plus dissemblables. Alors, en effet, elle se rapproche du type de la perfection; que si on la suppose, au contraire, bornée à la sensation générale, à peine l'animal est-il au-dessus de la plante : tel est le polype, telle est encore la classe des zoophytes dont il fait partie, comme les coraux, les madrépores. A les bien considérer, on dirait un sens isolé et vivant arraché à un être complexe, exerçant son action au contact, ou à de courtes distances, de même que l'affinité et la cohésion. Mais le poisson, le reptile, l'insecte, et les espèces qui, en remontant jusques aux mammifères, offrent d'une manière de plus en plus manifeste, des systèmes de nerfs, acquièrent un surcroît prodigieux de sentiment et de vie. Dans l'homme, si la sensibilité demeure presque muette pendant les premiers mois qui suivent la naissance, elle sort d'un long sommeil en continuant d'exister, et c'est à mesure que ses besoins augmentent, qu'on la voit se développer et parvenir à toute sa puissance. Alors, moins inhabile à discerner chaque objet et les convenances qui le font désirer ou repousser, elle prend un mode distinct qui doit la caractériser jusqu'à la fin de l'existence. Ainsi réduite d'abord à une sorte de végétation, la sensibilité déploie successivement la grandeur de ses moyens; elle s'élance dans l'espace, et vit pour ainsi dire hors d'elle-même. Il résulte de là évidemment que la faculté de sentir est la cause première des phénomènes organiques, tant dans l'état de santé que dans celui de maladie; que rien ne peut s'effectuer sans elle, et qu'elle préside à tout.

Si votre auteur avait des raisons pour s'écarter des principes généralement adoptés, ne devait-il pas d'abord réfuter la théorie moderne pour établir ensuite les preuves qui rendent la sienne meilleure? car on ne croit plus aujourd'hui sur parole.

Le sang, comme les autres humeurs, ne joue qu'un rôle secondaire; qu'il répare les déperditions éprouvées par l'animal, à la bonne heure; mais renferme-t-il en soi la cause de l'animation? A quel titre le dénomme-t-il le moteur de la vie? Les substances ingérées dans l'estomac ne se convertissent pas d'elles-mêmes en chair coulante, selon l'expression de Bordeu; le ventricule aidé de la chaleur et de l'humidité prépare cette transmutation, qui est inséparable de l'irradiation nerveuse de la huitième paire, et qui ne s'achève que dans les organes thoraciques pendant la respiration. L'aliment passe donc à la vie par un phénomène à la fois chimique et vital. Liez les nerfs pneumogastriques, ou bien faites-en la section, et du même coup vous tranchez l'œuvre vivifiante; ainsi le sang, quoique réparateur de l'organisme, n'existe que d'une vie empruntée ; il se meut, parce que le cœur, stimulé par sa présence, le chasse dans les artères par des contractions soutenues, et le cœur lui-même puise ses contractions dans l'influence nerveuse, comme le démontre l'anatomie. Le sang agit donc d'une manière absolument passive : qu'il devienne muscle, membrane, viscère, toujours il demeure subordonné à la puissance des nerfs : de là découle cette vérité, que la force vitale, celle qui donne le jour à toutes les fonctions, réside dans l'ensemble des divers appareils nerveux, que par conséquent la sensibilité est le rudiment de la vie, et qu'elle seule devrait en être le moteur, si on pouvait les séparer l'une de l'autre : d'ailleurs que devient son explication, si on l'étend à cette classe d'êtres entièrement dépourvus de sang rouge? Qu'il nous dise aussi quel est le principe moteur de la vie dans le règne végétal? Les grands maîtres de l'art conçoivent la vie comme la cause du mouvement, comme celle de l'attraction moléculaire et de l'attraction à distance. Ils lui trouvent de l'identité avec le fluide électrique..... Les lois de la pesanteur, de l'équilibre, de la direction des projectiles, celles de la vitalité en général dépendent de la tendance de la matière au rapprochement. Celui-ci s'effectue d'une manière libre quand les circonstances déterminantes se réunissent à la fois.

Je laisse votre auteur avec ses raisonnemens sur le

sang considéré comme la cause de la santé et de la force : renvoyons cet examen aux causes des maladies. Je glisse encore sur une idée d'optimisme avancée par votre auteur, et je la laisse telle qu'il veut bien nous la donner, parce qu'au fond elle se rattache peu à notre sujet ; je vous avoue cependant que je ne la crois pas fondée :

« Rien n'existe avec deux caractères opposés. » *Page* 2.

Jamais, je crois, il ne fut un principe plus erroné : il est faux au physique, il est faux au moral ; le spectre solaire le prouverait à lui seul. Un rayon de lumière, décomposé par le prisme, laisse apercevoir les sept couleurs appelées primitives, et toutes dissemblables : elles existent pourtant ensemble dans la lumière naturelle. L'électricité développe la faculté magnétique ; un seul corps les réunit souvent, et la première se compose du fluide résineux et du fluide vitré. Il n'y a d'attraction qu'entre fluides opposés de nature, c'est l'électricité naturelle, et de répulsion qu'entre ceux de nature semblable. L'aigre et le doux, les vices et les vertus, quoique opposés en eux-mêmes, sont réunis dans la généralité des cas.

Je me serais abstenu de relever ce triste axiome, si l'auteur ne cherchait à étayer sur lui un axiome d'une toute autre importance ; savoir :

« Que le principe de la vie ne renferme point en soi » la cause de sa propre destruction. » *Page* 2.

D'abord, à parler rigoureusement, ces mots *destruction, mort,* ne sont que des termes de convention adoptés pour exprimer certaines modifications des êtres : en réalité, rien ne meurt, rien n'est détruit dans l'univers. Les lois primordiales du mouvement qui lui fut imprimé par Dieu, amènent seulement une vicissitude constante d'aggrégations et de séparations successives, laquelle s'opère avec une lenteur ou une rapidité relatives à l'affinité qui unit les molécules constituantes des divers corps. C'est en conformité de ces lois générales que tout se meut, tout est en action, et que tout ce qui existe s'accroît, s'altère, se détruit. Les montagnes les plus élevées s'abaissent insensiblement, les rochers dont elles sont hérissées, minés sourdement par l'action des divers météores, se dissolvent, se décomposent. La mer, violemment agitée par le mouvement diurne de la terre d'Occident en Orient, laisse d'un côté des plages immenses découvertes, tandis que de l'autre elle submerge des continens. Qui nous dira pendant combien de siècles encore les rocs du Kanchatka, des îles Kurilles et du Japon arrêteront l'impétuosité de ses vagues, qui, douées d'une force de répulsion, tendent à envahir l'Occident! Voyez la constitution du globe lutter contre les attractions célestes. Combien de nouveautés miraculeuses l'astronomie n'a-t-elle pas découvertes dans ces espaces immenses! Des étoiles sont apparues, d'autres sont éclipsées. Que de races perdues, trouvées fossiles sous le même sol qui ne les produit plus! C'est en vertu de ces mêmes lois que les empires, les peuples disparaissent de la surface du globe, et sont remplacés par ceux qui leur succèdent; tous les êtres quelconques sont assujettis à cet ordre invariable : l'homme et les animaux n'en sont point exempts. Lorsque, par le laps du temps, la force de cohésion qui réunit leurs particules constitutives est rompue, ils rendent au dépôt universel les élémens qu'ils en avaient reçus; le principe immatériel se réunit à son auteur; ils restituent à la terre la partie solide, à l'air tous les gaz, à l'eau tous les fluides; la partie ignée brisant les entraves qui la retenaient captive, se combine avec eux selon leur capacité pour le calorique : ils nous apparaissent alors avec la densité diverse que nous connaissons à la matière ; c'est ainsi que les parties élémentaires des êtres divers, désunies, dispersées, tombent dans des matrices nouvelles, y subissent d'autres élaborations, et vont concourir à des combinaisons variées. Or, s'il est vrai que le mouvement imprimé par Dieu, auteur de toutes choses, se fait apercevoir dans les différens corps dès les premiers instans de leur vie ; s'il est vrai que les lois de ce mouvement les forcent à rouler dans ce cercle constant et uniforme d'accroissemens, d'altérations et de disgrégations que nous appelons *destruction*, n'est-il pas certain que votre auteur a avancé un paradoxe, et qu'on peut considérer au contraire, comme un axiome positif, que le principe de la vie renferme en soi la cause de sa propre destruction ? Pourquoi donc recourir à un agent spécifique pour briser la charpente humaine, alors qu'il est démontré que la vie s'éteint par sa continuité même, qu'elle se compose d'actes restaurateurs et destructeurs, et que la santé, la maladie et la mort en sont les conséquences nécessaires ?

Mais il spécialise l'unité vitale. « En concentrant dans » le même corps la vie et le germe de corruption, Dieu » a établi entr'eux un point de contact pour que l'un fût » atteint par l'autre, et que l'agent de destruction usât » ou brisât les ressorts de la vie. » *Pages* 2 et 3.

Raisonnant ici comme médecin sur le matériel de l'animal, je dis qu'il est prouvé depuis long-temps que la vie est subordonnée à la matière, et qu'il n'existe pas un être distinct de celle-ci sous la désignation de principe vital. La philosophie contraire demeurera toujours entachée d'un vice radical : le défaut de logique et d'analyse. Je ne vous donnerai pas en témoignage l'opinion des auteurs : vous les tenez tous pour suspects ; d'ailleurs, le livre de la Médecine curative est pour vous l'évangile de la santé : je veux donc vous convaincre par l'autorité des faits.

Prenez l'œuf soumis à l'incubation. Certes il n'est pas vivant : tout au plus vous accordera-t-on qu'il renferme les élémens de la vie ; ils se réduisent à de l'albumine et à quelques élémens organiques également simples, ou, si vous voulez aller plus loin, à de l'azote, de l'hydrogène, du carbone, de l'oxigène. Cependant l'incubation ne fournit que de la chaleur, comme le prouve l'incubation artificielle. D'où vient donc l'organisation du poulet ? N'allez pas recourir au système de l'emboîtement des germes, il est entièrement faux ; s'il était fondé, il faudrait que le germe fécondé contînt, en petit, chacun des organes de l'animal : or, cela n'est pas, l'observation le démontre. L'œuf, aux divers périodes de l'incubation, montre les organes divisés par portions symétriques : ils s'accolent en vertu d'une loi d'harmonie ; et enfin la tête, les yeux, le cœur commencent à poindre, tandis que le tube intestinal, le foie, les extrémités restent encore dans la confusion du néant : ils apparaissent cependant ; il y a donc une création successive et non d'ensemble, et la vie ne se manifeste qu'au fur et à mesure que les parties fondamentales de l'organisme sont achevées : elle commence par l'attraction élective, vient ensuite l'influence nerveuse, d'abord partielle, et plus tard générale. L'animal, avant que d'exister, parcourt la sphère de chaque genre de vitalité, et il ne paraît au jour qu'après avoir achevé l'évolution organique inférieure à son espèce, et celle propre à lui-même. Ainsi, je prouve que la vie ne se développe que par la disposition de la matière, que par conséquent elle ne jouit pas d'une existence *sui generis* : la vie n'est donc qu'une propriété surajoutée.

Vous voyez, Monsieur, que votre auteur a établi un combat bénévole entre le principe de vie et le principe de corruption, et qu'il a accolé deux fantômes de guerre pour amuser le loisir de ses lecteurs. Je néglige à dessein de réfuter les autres conséquences de son système ; conséquences appliquées à un fait vrai en lui-même, mais mal conçu : je veux parler de la différence de longévité. Il est plaisant, en effet, de le voir discuter sur la quantité de corruption innée pour expliquer cette différence ; il tombe à cet égard dans un cercle vicieux, car il déduit la réalité du germe de la nécessité de la mort, et celle-ci de l'existence de ce germe : il fallait d'abord prouver cette existence.

« Nul ne peut contester que les parties charnues, tendineuses, cartilagineuses, nerveuses et osseuses des » corps ne soient subordonnées à l'autre partie appelée » les fluides, auxquels ils doivent leur formation, leur » existence et leur accroissement. » *Page* 5.

Tout est lié dans les corps vivans, et les liquides et les solides existent dans une subordination mutuelle ; si les solides se réparent au moyen des liquides, ceux-ci n'acquièrent la propriété alibile que par l'influence des premiers : point de chyle sans digestion, point de digestion sans estomac, et sur-tout sans les nerfs, qui montent cet organe au degré de vie nécessaire. On dirait, avec autant de vérité, que les liquides sont subordonnés aux solides. Le jeu régulier des centres nerveux produit l'harmonie des fonctions, et celle-ci la bonne mixtion des humeurs ; en effet, le moindre trouble cérébral glace pour ainsi dire le sang, ou bien le fait bouillonner. Voyez cet homme en colère, le regard plein de feu, la bouche sèche ou remplie d'écume, sa voix est entrecoupée, son visage devient rouge ou pâlit alternativement, vous diriez un maniaque dans un accès de délire : eh bien! il est frappé d'apoplexie; s'il échappe à ce danger, il éprouve un épistaxis, quelquefois une hémophtysie, souvent un ictère ou des vomissemens bilieux : au même instant la constitution chimique et vitale de ses humeurs se trouve donc changée, témoins cette salive, cette écume épaisse, cette bile dégénérée, cette sueur souvent infecte qui découle de son corps.

« Distinguons parmi ces fluides l'espèce qui est destinée » à l'entretien de la vie, et l'espèce qui peut devenir l'ins» trument de la destruction, comme étant la plus cor» ruptible par son essence. » *Page* 5.

Aucun fluide en particulier n'est destiné à l'entretien de la vie : ils participent tous à ce bienfait, et nulle espèce n'est plus corruptible que l'autre par son essence. L'idée de corruption et de vie sont incompatibles : le sang, la bile, la lymphe, le mucus, etc., ont chacun leurs attributions particulières ; mais si dans nos laboratoires ils arrivent plus promptement les uns que les autres à l'affectionnée pourriture de votre auteur, songez que vous n'avez de ces humeurs que leur cadavre, et que les lois de la nature morte ne sont pas celles de la nature vivante. Le corps ne fermente pas comme un cloaque où croupissent des humeurs infectes; les lois vitales diffèrent de celles de la putréfaction, comme le jour diffère des ténèbres : bien plus, elles ont une sorte d'antipathie l'une pour l'autre. Un seul grain de jaune d'œuf pourri est capable de produire, au moment même où il a été avalé, des éblouissemens, des vertiges, la plus grande confusion d'idées, des angoisses inexprimables, enfin tous les symptômes de la fièvre maligne nerveuse. Qu'on ne nous oppose pas que les humeurs sont excrémentielles; elles ne le sont pas dans leur entier, comme le prouvent la salive, la bile, la matière séminale, l'urine même. Des principes devenus hétérogènes abandonnent le corps, parce qu'ils sont impropres à la nutrition, et non parce qu'ils sont les plus corruptibles; leur odeur infecte, pendant la maladie, prouve seulement que les attractions de la chimie vivante ont été changées en proportion de l'excitation des organes.

Si M. Leroi n'est pas à la hauteur de la bonne physiologie, il se montre encore moins exact en anatomie. Cependant la partie descriptive de cette science est aussi immuable que les faits sur lesquels elle repose : il ne faut que voir pour se mettre d'accord. Où donc a-t-il puisé les documens nécessaires pour enseigner « Que la pre- » mière partie des alimens qu'un être vivant a pris pour » sa nourriture, ou, ce qui revient au même, leur » huile ou quintessence, sert à former ce qu'on appelle » chyle; que le chyle se filtre dans la circulation pour » entretenir la quantité de sang nécessaire à la substance » de toutes les parties de l'individu, et pour réparer les » pertes que fait continuellement ce fluide moteur de la » vie; que la seconde partie, trop grossière pour être » convertie en chyle, forme de sa première portion la » bile, le phlegme, le fluide humoral, et de la seconde » il en résulte une matière visqueuse ou la glaire, atta- » chée ou collée aux parois internes du tube intestinal? » *Pages* 5 et 6.

Sans doute l'aliment contient à la rigueur une huile ou quintessence; mais est-ce bien là ce qu'on appelle chyle? Est-il prouvé que cette huile contribue seule à la confection du fluide réparateur ? Le gluten, la fécule, la fibrine, l'albumine, le principe saccharin n'en fournissent-ils pas au contraire la majeure partie ? Son huile ou quintessence est extraordinairement réfractaire à la vitalité du ventricule. Les molécules les plus sapides, les plus odorantes, n'entrent jamais dans la composition du fluide lacté ; presque toujours elles sont prises par les absorbans directs, et versées au dehors de la machine animale par la transpiration, la sueur, les urines ou les selles : l'odeur du chou, de l'asperge, de la térébenthine se décharge en général sur le système urinaire. Ainsi, que doit-on penser, Monsieur, du ton décisif que prend votre auteur ? Je vous laisse le soin de déduire la conséquence. Le chyle élaboré convenablement, n'est autre chose que la fusion et la conversion en un produit nouveau de tous les élémens organiques énoncés ci-dessus ; il est homogène ; il ne se filtre pas dans la circulation, il se mêle au sang veineux, et on ne le voit acquérir la faculté de restaurer l'organisme, que lorsqu'il a été combiné avec l'oxigène de l'air atmosphérique par le secours des poumons. Dès qu'il est homogène (et l'expérience le prouve), il n'est point subdivisé en première et seconde partie : donc elles participent toutes au bienfait de l'hémotose. Les radicules, les rameaux, les troncs lactés, d'abord divisés, réunis ensuite, constituent le canal thorachique qui se débouche dans la veine sous-clavière gauche : la masse du chyle est forcée de parcourir ce trajet. D'après cela, comment a-t-il pu subdiviser le chyle, et lui prêter les moyens d'une métamorphose en bile, phlegme et fluide humoral ? Le foie ne reçoit d'autres vaisseaux que l'artère, la veine hépatique et la veine porte : donc la bile ne provient pas de la source indiquée dans le livre que je réfute. Je passe sous silence le *phlegme*, le *fluide humoral*, la *matière visqueuse* et la *glaire*, parce que ce sont des êtres de pure fantaisie. Il résulte de ce qui précède, que le chyle contient en masse les élémens que doit élaborer la nutrition, qu'elle s'exerce principalement sur le mélange du chyle avec le sang veineux converti au préalable en sang artériel par une véritable oxidation, et que cette dernière est d'une absolue nécessité pour le maintien de la vie : l'air vicié, la persistance du trou de botal après la naissance, la maladie bleue qui en résulte, ne laissent pas le moindre doute à cet égard; ainsi, quels qu'ils soient, les produits de la nutrition et des diverses sécrétions sont empruntés à la circulation artérielle. Liez, par exemple, les artères émulgentes, et l'urine ne sera plus sécrétée; il en arrivera autant pour les autres sécrétions, si vous tentez la même épreuve sur les artères departies à cette fin. J'en excepte la bile : elle offre une anomalie, c'est la veine porte qui en voiture la matière première dans le foie; mais une telle disposition était nécessaire. En effet, le sang rouge ou rutilant possède moins de parties grasses, huileuses et résineuses que le sang noir; l'oxigène, la fibrine, l'albumine prédominent dans le premier, tandis, au contraire, que le carbone et l'hydrogène prédominent dans le second. La nature, toujours sage et réfléchie dans ses moyens, a donc employé avec raison le sang veineux à la création de la bile.

« Ces matières en se corrompant, ou après qu'elles sont » corrompues, prennent un caractère d'âcreté, de cha- » leur brûlante, et même corrosive. C'est dans cet état » de dégénération et par cette même action mordicante, » que les humeurs causent tous les maux, toutes les dou-

» leurs, ou toutes les maladies, quels que soient leur espèce » et leur caractère ; c'est dans cet état, et à cause de cet » état, que ces matières résistent aux efforts de la nature, » elle ne peut plus s'en délivrer par rapport au genre de » ténacité qu'elles ont reçue de la corruption, et la ma- » ladie se déclare. » *Page* 9.

Que les fluides ne participent à l'état de santé et de maladie, c'est ce qu'on ne peut contester : mais qu'ils produisent les maladies à eux seuls, qu'ils jouissent de ce privilége exclusif, c'est une erreur. Le scorbut, ce fléau dévastateur de la marine, qui semble si favorable à votre théorie, n'est pas une maladie purement humorale. Les causes débilitantes, comme l'air froid et humide, la mendicité, des alimens de mauvaise nature, les affections morales tristes, manquent rarement de le produire. Mais que se passe-t-il entre le corps qui reçoit les influences de ces agens, et ces mêmes agens dont l'action est continue. D'abord, l'organisme supporte des atteintes inusitées et contre nature, le système nerveux les perçoit, et par voie de suite les fonctions s'éloignent du rhythme ordinaire. Cependant la vie, en vertu d'une force de résistance, lutte quelque temps avec avantage ; la crase des humeurs n'a pas encore acquis cette sorte de disgrégation caractéristique du scorbut. Néanmoins il existe une lésion réelle de la cause vitale, elle constitue le premier période de la maladie, et celle-ci ne se développe que lorsque les modificateurs mentionnés redoublent de force, ou que la vie se laisse affaisser sous le poids de la débilitation. Jamais, en effet, un scorbutique ne se montre tel dans un court espace de temps. Il faut constamment une navigation pénible, plus ou moins prolongée, une habitation de plusieurs semaines dans les maisons d'infirmes,

ou

où celles de détention, pour que la maladie apparaisse. On la voit sévir avec autant de rapidité que de violence, contre ceux dont les forces vitales sont déjà épuisées, soit par l'âge, soit par les excès. Il s'établit alors un double enchaînement de causes et d'effets, des puissances externes sur la constitution, et des humeurs mal travaillées par la vie sur ses mouvemens propres ; à cela seul se réduit la causalité des liquides par les procédés de l'analyse. Elle nous apprend que ces deux façons d'agir se renforcent l'une par l'autre, que la cause prochaine réside dans le solide vivant, et que la médication ne doit pas avoir d'autre but. Donnez à un scorbutique autant de vomi-purgatifs que vous voudrez, il ne guérira pas ; cependant vous évacuez, dira votre auteur, les humeurs peccantes. C'est précisément ce dont on doit s'abstenir, car cette méthode n'attaque que l'ombre du mal. Heureux, quand on ne l'aggrave pas au moyen des purgatifs généralement proscrits par l'expérience dans cette affection bien prononcée. Il n'est pas douteux qu'ils frapperaient de mort des individus déjà faibles, épuisés par les hémorragies du nez, de la bouche, des poumons ou des intestins. Une thérapeutique judicieuse emploiera donc une méthode inverse. Un air vif, souvent renouvelé, l'insolation, une douce température, des alimens légèrement toniques, une boisson appropriée, le calme et la résignation, agiront avec d'autant plus d'efficacité, que les forces vitales en ressentiront davantage les effets. Il n'y a point là des acides pour épaissir les humeurs dissoutes, ni des évacuans pour balayer les impuretés de la corruption. D'ailleurs les substances les plus propres à garantir les corps de la pourriture, et à les conserver comme des momies, ne guérissent pas le scorbut; jamais l'arsenic, le deutochlorure de mercure, l'acide hydrocianique ne produiront cet effet. Vous voyez, Monsieur, que la théorie de votre auteur pèche contre l'exactitude, et que conséquemment le traitement qu'il propose, porte avec lui le signe de la réprobation. Et en effet, sa doctrine ne sera pas plus justifiée par des succès que par des autopsies. Qu'il ouvre des individus morts du scorbut. Il trouvera les solides malades tout aussi-bien que les liquides ; il verra les poumons engorgés, la plèvre enflammée, le foie, la rate d'un volume énorme, l'estomac, les intestins parsemés de plaques inflammatoires, le système osseux extrêmement cassant, des ulcères, des abcès, la gangrène. Votre auteur se récriera peut-être, en affirmant que ce sont autant de phénomènes qui reconnaissent pour cause la dissolution humorale. Sans doute, dans le sens expliqué plus haut : à quoi nous devons ajouter encore, que dans cette maladie, le balancement continuel des divers systèmes n'a plus lieu, ce qui précipite la chute des forces. Ne savons-nous pas, en effet, qu'elles se soutiennent autant par les réactions vitales, que par l'arrivée d'un bon chyle dans l'arbre circulatoire ? L'homme abattu par l'abstinence, sent renaître sa vigueur avant que la digestion ait élaboré les alimens : un accès de fièvre intermittente disparaît quelquefois au moyen d'une dose de quina avalée, et souvent vomie toute entière peu de temps après ; l'opium rejeté par l'estomac, procure cependant le calme au milieu des angoisses de la douleur, et amène le sommeil. Telles sont, Monsieur, les lois du *consensus* organique, qu'une partie du corps n'éprouve jamais une impression insolite, qu'elle ne retentisse de suite dans tout l'ensemble, et cela pour le bien comme pour le mal. Or, dans le scorbut, les systèmes musculaires et sanguins sont en proie à une véritable stupeur qui n'atteint jamais le système nerveux : donc celui-ci demeuré seul sans influence réciproque, ne trouvant où employer son activité, la disperse au gré des incitations qui naissent de toute part; il fomente des inflammations, des stases d'humeurs, des douleurs sur le sternum, sur les lombes. Il prépare les vices de la nutrition, comme les fungus, les fausses membranes, la rupture du cal et des diverses cicatrices; en conséquence l'état des humeurs scorbutiques frappera moins l'observateur, que le dérangement des fonctions. Celle qui paraît entraîner toutes les autres dans la même chute, c'est l'hématose ou la sanguification, et la nature du chyle n'y est pour rien, ou presque pour rien.... Si maintenant je voulais parcourir un cadre nosologique, je ne trouverais pas une seule affection à laquelle il fût possible d'appliquer la théorie de votre auteur; elle échoue partout contre des objections insolubles.

J'ai fait bien du chemin avec votre livre, Monsieur, sans trouver une vérité; et je vous avoue que je serais déjà las, si je ne tenais à honneur de remplir ma promesse; mais poursuivons malgré le dégoût, discutons la validité de sa doctrine sur les fluxions : ce point est essentiel.

« Cette âcreté, cette chaleur brûlante ou corrosive, » cet instrument enfin, qui se forme de soi-même dans » la corruption, se compose d'une partie de la masse » des humeurs : partie exprimée du tout. Nous donnons » à cette partie exprimée, le nom de sérosité; nous ap- » pellerons encore cette sérosité, fluxion, parce que, » très-limpide et extrêmement subtile, cette matière est » susceptible de fluer, comme en effet elle a flué sur

» la partie où la douleur est ressentie. Cette fluxion, » avec la masse générale des humeurs d'où elle tire sa » consistance, sa nature, et où elle prend sa source, » forme le complément de la cause, ou de l'unique cause » de la maladie du corps humain. » *Page* 9.

Je demanderai à votre auteur, pourquoi il détruit d'une main ce qu'il élève de l'autre. Tout à l'heure il a posé en principe, que les humeurs dans un état de dégénération, et par leur action mordicante, causent tous les maux; maintenant il nous assure que l'instrument morbide qui se forme au sein de la corruption, se compose *d'une partie de la masse des humeurs, partie exprimée du tout.* Est-ce la corruption des humeurs qu'il faut accuser d'exciter la maladie? ou bien la partie exprimée du tout par la putréfaction? qu'il choisisse l'un ou l'autre : il suffit d'un agent. Je lui demanderai encore, si la chaleur brûlante ou corrosive doit être confondue, comme il le fait, avec sa cause efficiente. *Elle se compose d'une partie de la masse des humeurs.* Le calorique composé par des humeurs! jusqu'à ce jour il avait été rangé dans la classe des corps simples; grâces à lui, nous savons qu'il est complexe. Il donne à cette partie exprimée le nom de sérosité, et à cette sérosité, le nom de fluxion. D'un côté, la lymphe est assimilée par lui au produit inerte de la putridité; de l'autre, fluxion et sérosité sont une seule et même chose. Quelle confusion! il l'eût évitée en regardant simplement au sens des mots, puisque celui des choses ne le frappait pas. S'il faut l'en croire, les humeurs corrompues, changées en sérosité, se filtrent au travers des tissus pour constituer la fluxion. Je le répète, il n'y a point de corruption humorale. La sérosité découle du système lymphatique, l'anatomie donne une connaissance irrécusable de ce fait; c'est lui qui meut la sérosité d'une manière active, et le corps n'est point un crible passif, comme il le fait entendre. Le serum, tel qu'il le conçoit, passerait tout au plus pour un ichor; mais celui-ci résulte d'une suppuration incomplète, et il ne circule pas dans des vaisseaux *ad hoc*. S'il a entendu discourir sur la lymphe, elle ne dérive pas de la corruption; si c'est de l'ichor qu'il veut parler, il ne se filtre pas *comme le chyle dans les vaisseaux*.

Sans doute la fluxion achevée, présente seulement des liquides; mais sera-ce leur âcreté, ou l'action vitale qui les aura accumulés? Pour résoudre la question, il faut des faits, et non du verbiage. Une épine implantée dans nos tissus occasionne une fluxion; elle survient, parce que les extrémités nerveuses dilacérées transmettent au cerveau une impression accompagnée de douleur, laquelle change le ton et la sensibilité de l'organe : les mouvemens vitaux étant augmentés, le sang afflue de toutes parts; de là irritation, fluxion, inflammation, et selon les degrés de cette dernière, ou la sensibilité habituelle de l'organe, la résolution commence, ou bien la suppuration, ou l'induration, ou bien encore la gangrène. Voilà, Monsieur, le tableau exact de ce qui se passe à l'intérieur; enlevez *l'épine* pour y substituer une autre cause, et l'analogie sera parfaite. Cette théorie égale en vérité une démonstration algébrique. Elle repose sur l'anatomie, science positive, puisqu'elle ne s'occupe que d'objets matériels. La fluxion commence d'autant plus aisément, que la partie sent avec plus de vivacité; ainsi j'affirme qu'elle reste subordonnée dans son invasion, comme dans ses périodes subséquens, au degré de vitalité, c'est-à-dire, au nombre des nerfs, des vaisseaux artériels et veineux existant dans le lieu qu'elle occupe. De ce qui précède, je conclus que la fluxion consiste dans un acte purement vital, que l'influx humoral se lie à cet acte comme l'effet à sa cause, et que par conséquent, la méthode curative ne doit pas être dirigée contre les humeurs stagnantes. Si j'enlève l'épine dans le cas choisi pour exemple, la fluxion disparaît le plus ordinairement : si elle continue, ce qui peut arriver par la persistance de l'irritation première, je la conduis à sa fin, par tout ce qui calme l'exaltation nerveuse, comme les bains locaux, les cataplasmes émolliens, les narcotiques, etc., moyens qui tendent tous à modérer la réaction vitale, et non à dissoudre actuellement la fluxion, à chasser les humeurs, ou bien à tempérer leur acrimonie purement illusoire.

Si je me suis fait entendre de vous, Monsieur; si j'ai prouvé, comme je le crois, la futilité de la doctrine humorale; si la théorie que je viens de lui opposer, théorie représentative des faits, est bien fondée, vous conviendrez qu'elle suffit pour renverser en entier l'édifice de votre auteur; car dans les sciences, un faux principe admis comme vrai, entraîne l'erreur implicitement avec lui, dans les plus petits détails ; on le voit en physique, en chimie, dans la médecine; cela se voit sur-tout dans le livre qui m'occupe : je pourrais donc, à la rigueur, en rester où nous en sommes, et tout serait détruit de fond en comble ; cependant je persiste à pousser plus avant.

« *Causes de la mort prématurée.* »

« Par suite d'une trop longue durée de la maladie, par » leur trop long séjour dans les cavités, les humeurs » corrompues ou en putréfaction, empoisonnent vul-

» gairement parlant, les entrailles, les viscères qui les » contiennent ou les renferment, et la sérosité cause efficiente de la douleur ressentie et de tout désordre venant » à l'appui, brûle, crispe, corrode les parties qu'elle » attaque, détruit l'économie animale, et avec elle le » principe moteur de la vie; alors le malade trouve le » terme de la durée de son existence.

« Telle est la cause de la mort prématurée et que nous » appelons contre nature. » *Page* 11.

Des entrailles empoisonnées par les humeurs! brûlées par le secours de la sérosité, crispées, corrodées par elle! En vérité ceci dépasse l'hyperbole. La vie n'entre donc pour rien dans ces divers phénomènes? elle se laisse donc maîtriser d'une manière absolue, sans opposer la plus légère résistance? Et en effet, comment triompherait-elle de l'énergie délétère de la sérosité, si on la suppose capable *d'empoisonner*, de *brûler*, de *corroder* la machine animale? Dès-lors son *modus agendi* est nécessaire comme celui du feu ou de tout autre escharrotique. Mais comment est-il possible de mieux présumer des hommes que de la nature? Ce que la vie n'a pu effectuer, le vomi-purgatif le produira-t-il? et puisqu'il existe une analogie, même une identité parfaite entre la façon d'agir de la sérosité et celle des moyens chimiques, votre auteur neutralisera-t-il leur causticité par les évacuans? Admettons pour un instant qu'il puisse éliminer cette sérosité; le résultat de son action mordicante ne survivra-t-il pas à la médication? et peut-il espérer de l'extirper du solide vivant par les mêmes ingrédiens? Convenez, Monsieur, que c'est s'arrêter trop long-temps à une idée qui n'a pas seulement le mérite d'une hypothèse probable... Les diverses lésions notées ci-dessus sont la maladie même ou ses effets : c'est la sensibilité avec l'irritabilité et la circulation qui renferment en elles la raison suffisante de leur manifestation, dès que par une cause quelconque elles s'éloignent du rhythme ordinaire, et les lois selon lesquelles la vie se maintient régissent la santé, la maladie et la mort; des modificateurs autrement appréciables que la cause efficiente mentionnée par lui, nous mènent successivement de la première à la dernière. Telle est, Monsieur, la véritable cause de l'extinction naturelle et prématurée; et en effet, jamais les humeurs n'ont été trouvées corrompues ou en putréfaction, que dans des parties déjà mortes. Or, les organes internes essentiels à la vie, ne sauraient survivre à une lésion autant aiguë que profonde; l'anatomie et les vivisections le prouvent d'une manière incontestable. Donc, ce ne sont pas elles qui déterminent la mort prématurée. La vie s'éteint dans la généralité des cas, avant que la désorganisation amène la dissolution putride. Les ulcères, la gangrène même ne prouvent pas la malignité des humeurs. Je crois avoir démontré plus haut, en parlant des fluxions, la cause qui leur donne l'essor. Je le répète, c'est toujours à la faveur du principe sentant que les maladies surgissent, et les humeurs ne se détériorent que d'une manière consécutive. Le pleurétique finit sa carrière, dès que la plèvre costale violemment enflammée laisse exsuder la sérosité lymphatique, et qu'il survient un véritable hydrothorax; cependant il est démontré par une infinité de dégustations que ce liquide est doux, onctueux, exempt de toute espèce d'acrimonie. Quelquefois il arrive que la plèvre costale et pulmonaire irritées, se trouvant en contact l'une avec l'autre, contractent une adhérence membraniforme contre nature, et l'individu évite le coup de la mort. souvent elle saisit sa victime au plus fort de la réaction vitale. A peine le point de côté darde ses premiers aiguillons, que la totalité des fonctions laisse entrevoir un danger imminent; difficulté de respirer, anxiété pénible, pouls petit et fréquent, face rouge, animée, l'oeil égaré, le délire, soubresauts des tendons, prostration des forces; le malade se meurt. L'ouverture du cadavre, dans ce cas, manifeste à peine de légères traces de la maladie, point d'humeurs épanchées, encore moins une lésion organique. La terminaison par gangrène s'observe quelquefois, surtout dans les cas traités par une méthode incendiaire; mais la plus commune est celle de l'hépatisation du poumon. L'inflammation transmise par la plèvre costale, ou bien développée dans son tissu propre, réagit sur le cœur par leur connexion mutuelle; la fièvre s'allume, la circulation acquiert plus de vélocité, *l'épine* du poumon aspire le sang, il engorge les petits vaisseaux, la phlegmasie s'accroît, et avec elle le parenchime pulmonaire devient plus dur, plus dense, moins perméable; les crachats charient pêle et mêle des mucosités et du sang; enfin la respiration introduit à peine quelques portions d'air, et la mort assez communément ne tarde pas à trancher le fil de la vie.

Supposons une fièvre putride de la vieille synonymie, maladie redoutée en proportion des fausses notions qu'on avait sur sa nature, seulement bien connue de nos jours par l'ouverture des cadavres. Elle débute par un sentiment de pesanteur dans les extrémités, la soif, l'inappétence, l'amertume de la bouche. Des nausées, une diarrhée légère arrivent bientôt : un vomitif ou un purgatif étant administré, la putridité se prononce. L'abdomen devient douloureux au toucher, les selles plus fréquentes, plus copieuses. Le garde-malade, Souvent le médecin lui-même se réjouissent et se bercent de quelque espoir à l'aspect de la corruption évacuée. Cependant la peau se sèche, la langue prend la teinte de la lie de vin, elle se fendille, la déglutition devient impossible, le délire aggrave le mal, le système musculaire tombe dans l'engourdissement et la stupeur, des pétéchies apparaissent, un sang dissous s'écoule du nez, les forces s'évanouissent. A l'ouverture du corps tout est expliqué. On juge, en premier lieu, que le vomitif ou le purgatif était inutile, pour ne pas dire contraire ; que la maladie préludait par une irritation des surfaces gastriques et intestinales, totalement méconnue par le médecin sous les apparences d'une insidieuse gastricité ; elle se convertit en une inflammation : celle-ci endolorit le bas-ventre et sollicite vivement les cryptes muqueux, alors ils sécrétent du mucus en plus grande quantité : le foie, le pancréas sont excités à leur tour, et le produit de leurs sécrétions, réuni, échauffé, altéré par la maladie, et son séjour dans le tube intestinal, s'évacue à l'aide de selles poisseuses et infectes. Pendant ce temps, l'inflammation poursuit ses stades, l'estomac et les intestins se couvrent çà et là de plaques rouges, denses, ulcérées au centre, et assez souvent perforées d'outre en outre. Ne faut-il pas fermer les yeux à la lumière, pour ne pas voir que les humeurs viennent en sous-ordre, dans cette scène de désorganisation ; qu'elles obéissent à des lois nouvelles, et que c'est pour cette raison qu'elles s'éloignent de l'état de santé ? L'inflammation, voilà la cause ; elle seule devait être combattue, et non la putridité ou la faiblesse qui n'étaient que des effets. Ignore-t-on que chaque système d'organes a ses maladies propres, qui reçoivent leur physionomie, de la fonction, de la nature du tissu affecté, et des nerfs spéciaux, dont le sentiment découle? Il n'est pas identique dans tous, du moins la lésion d'un chacun produit des effets souvent opposés. La douleur que transmettent les ganglions abdominaux et le nerf grand sympathique, agit coup sur coup sur l'ensemble des forces; telle est en partie la cause de l'adynamie qu'on observe dans presque toutes les affections du bas-ventre, et notamment dans celle qui vient de m'occuper.

Jusqu'ici nous avons vu votre auteur poser des axiomes et rattacher à leur suite des détails de pathologie. Il les délaisse un instant pour s'ériger en censeur. Examinons s'il est fondé dans sa critique.

« Comment expliquer cette contradiction des grands » anatomistes, dont les ouvrages servent de guide à la » plupart des praticiens de nos jours? Ils disent qu'ils ont » vu, par l'inspection anatomique, les viscères des cada- » vres soumis à leur inspection, obstrués, abcédés, gan- » grenés, etc. Ils affirment en même temps que les causes » prochaines et immédiates des maladies seront toujours » cachées; que la recherche de ces causes est plus propre » à induire à erreur qu'à éclairer, et qu'on ne peut parler » que des causes antécédentes et éloignées... Eh! quelle au- » tre cause a fait aux viscères les lésions ou blessures » mortelles qu'on y trouve? » *Pages* 11 *et* 12.

Sans doute, les causes antécédentes et éloignées ne sauraient donner lieu à des méprises. Comment se tromper, en effet, sur leur compte, dès qu'elles tombent sous les sens? Aussi de temps immémorial la science n'a-t-elle pas changé sous ce rapport. Le traité des eaux, des airs et des lieux d'Hippocrate, nous en dit tout autant que le meilleur livre moderne. En est-il de même des causes prochaines? Non certes; la versatilité des systèmes n'a transmis à l'époque actuelle que les rêves brillans de l'imagination. C'est ainsi que l'antiquité nous offre successivement le *strictum* et le *laxum*, le *siccum* et l'*humidum*, la polycholie et les diverses dégénérations humorales. Dans des temps plus rapprochés de nous, les maladies furent divisées en alcalines et en acides, toujours d'après la connaissance supposée de leurs causes prochaines. Bientôt on vit succéder les âcres, les fermens, l'erreur de lieu, l'obstruction des petits vaisseaux, l'état sthénique et asthénique. En un mot, je n'en finirais pas si je voulais énumérer les nosologies connues jusqu'à présent. Si donc la cause prochaine était facile à découvrir, comment l'observation n'a-t-elle pu réunir une telle divergence d'hypothèses? Nous devons en conclure, avec toute rigueur, que trop souvent elle échappe à l'investigation, puisque la science n'est pas encore stable sur ce point. Aussi la direction générale des esprits, les porte à voir, à observer, à méditer sur les maladies sans idées préconçues. Des symptômes, on conclut la nature de l'affection, et de celle-ci le genre des lésions, d'après la connaissance physiologique de la vitalité des tissus, et de cet ensemble de données on déduit l'influence respective des causes antécédentes et des causes prochaines. C'est ainsi que, lorsqu'elles sont insaisissables, on parvient à savoir d'elles ce qu'il importe vraiment de connaître. On peut donc se passer de leur étude directe. Peut-être cette cause tient-elle à la nature de celles qu'on désigne fort bien sous le nom de causes premières, sur lesquelles l'Etre suprême a répandu d'épaisses ténèbres, dont il n'est pas donné à l'homme de percer l'obscurité mystérieuse. C'est dans ce sens, sans doute, qu'Hippocrate disait, qu'il y a quelque chose de divin dans les maladies : *aliquid divinum.* N'est-il donc pas souveraînement injuste de reprocher de la contradiction aux anatomistes; ils ont noté les effets de la cause, parce que eux seuls sont percevables, et qu'ils constituent la maladie ou ses résultats. La connaissance de la cause prochaine n'était pas d'une absolue nécessité. Newton connaissait-il la nature du mouvement, lorsqu'il établit les lois de la gravitation? L'opticien qui produit des effets si merveilleux par la disposition de surfaces, planes, concaves ou convexes, connaît-il la nature du fluide lumique? L'électricité, cet agent si terrible, que Franklin semble avoir ravi au firmament, a-t-il été analysé? J'en puis dire autant du magnétisme. Ils ne laissent pas cependant que d'être la base fondamentale de la navigation; leurs effets bien connus, développés dans un ordre rigoureux de succession, sont devenus en physique des lois auxquelles on applique le calcul, et dès-lors ils représentent la *chose même*. Le médecin procède à l'exemple du physicien, pour obtenir le même résultat. Nous ignorons, sans doute, en quoi consiste la vie; cela n'a pas empêché les physiologistes d'en étudier les effets, et de trouver les lois générales, selon lesquelles elle régit la matière organisée. Nous décidons *à priori* les phénomènes de la vie par la connaissance de l'organisation. La zoologie nous fait toucher du doigt ses nombreuses différences, et la physiologie générale des êtres organisés en compose le vaste tableau de la puissance vitale. Ainsi nous arrivons à savoir avec certitude la nécessité de certains organes, et les conditions de l'animalité. Par conséquent, la notion immédiate de la vie devient en quelque sorte surperflue; son étude principale n'embrasse, en effet, que les foyers dispensateurs, parce que c'est en eux qu'elle réside, et que l'être vivant ne peut offrir un résultat que par leur mise en action; j'en excepte les effets de la transsudation, de la capillarité et de l'imbibition, presque également communs aux deux règnes. Vous voyez donc, Monsieur, que le mobile physique et le mobile vital n'ont qu'un mode unique et analogue de frapper nos sens; que la vie, l'attraction, sont des termes abstraits, à l'aide desquels on ne prétend que désigner la cause occulte: nous sommes dans le même embarras, à l'égard de la maladie. La cause première est inconnue, elle le sera toujours, elle est presque inutile à connaître : la cause prochaine se cache quelquefois : les causes occasionnelles et la maladie sont seules saisissables. Voilà bien, si vous voulez, une lacune; mais quel est l'homme qui osera prétendre à la faire disparaître? Il n'en résulte cependant ni perte ni gain pour la médecine. Convaincus que nous sommes qu'à telle série de mouvemens vitaux, correspondant tels ou tels agens, nous représentons la cause première par les effets; nous la négligeons pour nous en tenir à eux, comme on le fait en physique, avec d'autant plus de raison, qu'ils deviennent cause à leur tour, et qu'ils impriment à l'affection pathologique le cachet de sa nature et du siége qu'elle occupe. Cette cause rend inutile la connaissance de celle qui la précède, comme la connaissance des centres organiques et de leurs propriétés rend superflue la notion abstraite de la vie. Les causes premières préparent l'état morbide, qui n'est autre chose que la disposition souvent inexplicable et méconnue, parce qu'elle manque de caractères évidens; ainsi votre auteur a eu tort de lui assigner les humeurs pour résidence fixe. Qu'est-ce, peut-on demander, que la disposition à la gale, à la siphilis, à la peste? Les individus paraissaient être sains avant de les avoir contractées. Pourquoi donc ne vouloir que purger par haut et par bas pour guérir ces maladies? Or, de l'aveu de votre auteur, la disposition n'est pas la maladie, elle ne survient qu'en conséquence des causes occasionnelles, les autres existant déjà dans le corps. C'est donc de celles-ci et de la maladie en elle-même qu'il faut tenir compte. Prenons un exemple pour plus de clarté. Un individu scrophuleux de constitution s'expose à un vent impétueux : des corpuscules légers entrent dans ses yeux, ils y produisent une certaine impression ; les larmes coulent, et la poussière est entraînée par elles : cependant une violente ophtalmie se déclare ; on la soumet à un traitement ordinaire ; l'inflammation se calme, mais ne disparaît pas en entier ; elle persiste sous une forme chronique, et elle ne disparaîtra, j'en conviens, qu'autant que la cause prochaine sera prise en considération. Réunie, d'abord, avec les agens provocateurs de l'ophtalmie dont le stimulus paraît épuisé, elle entretient maintenant la fluxion, dont la cure demeure subordonnée à celle de la cause ; mais cette cause prochaine est aussi un effet de celle qui a développé les scrophules, et si on ignore comment s'est manifesté cet état, et en vertu de quelle puissance, comment achever la guérison, la nature ou la force vitale se montrant rebelle et impuissante? on est dans la nécessité de créer une hypothèse qui explique la maladie, d'observer les effets qu'elle produit sur les systèmes, d'employer les ressources de la thérapeutique et de l'hygiène pour en produire qui leur soient opposés : la pâleur, la bouffissure générale, l'engorgement des glandes, des formes grêles indiquent la faiblesse des fonctions, et le besoin de leur créer un nouvel essor. Les toniques amènent ce résultat, on les emploie ; l'ophtalmie disparaît, et les scrophules de même. Ici la cause première reste plougée dans les ténèbres; on ne perd pas le temps à découvrir sa nature, on se contente des effets. Qu'arrive-t-il quand on procède autrement ? on attaque la cause, différente pour un chacun. Celui-ci vante l'hydrochlorate de baryte; celui-là le phosphore; un troisième, les préparations mercurielles; votre auteur, les fréquentes purgations : telle est la source des amulettes, des talismans, et c'est ainsi que l'humanité est sacrifiée à des visions.

Votre auteur persistant toujours à admettre le germe de corruption comme cause des maladies, malgré les preuvs péremptoires qui infirment cette existence, je lui demanderai enfin où il place ce germe. C'est sans doute dans les humeurs. La transmission d'un vice héréditaire le prouve invinciblement, répondra-t-il. C'est ce que nous allons examiner.

La matière séminale féconde l'ovule : on conçoit qu'à la rigueur elle entraînera avec elle quelques atomes du terrible germe, et que l'individu qui va naître sera conformé plus ou moins relativement à la corruption, comme le mâle ou la femelle, selon leur part respective dans l'acte générateur. Mais ce germe est matériel : dès-lors il est divisible à l'infini comme la matière; mais cette dernière, réduite aux extrêmes du point mathématique, n'est plus pondérable; elle échappe à nos sens, elle est même comme n'existant pas, puisqu'à peine les réactifs chimiques ont prise sur elle : or, dans cet état de ténuité, le germe ne perd-il pas une portion ou l'ensemble de l'intensité première? Car, dans cette même hypothèse, le poison le plus subtil n'attaque en rien le principe vital. Tous les jours l'arsenic, le nitrate d'argent, l'hydrochlorate de baryte, le chlorure de mercure en offrent la preuve. L'air atmosphérique est bien souvent l'unique

propagateur

propagateur des miasmes contagieux : ne savons-nous pas qu'il est des bornes dans sa faculté de transmission? D'ailleurs, il est aisé de voir que le prétendu germe (s'il existe) réside épars dans les diverses parties du corps; mais, confondu ainsi avec les corpuscules qui le composent, il ne peut exister que dans un état de disgrégation, et les atomes émanés du tout, quelque rapprochés et réunis qu'on les suppose, ne sont point virtuellement le germe lui-même : ils doivent être aussi distincts et aussi étrangers les uns aux autres que s'ils étaient séparés par de grandes distances, puisqu'on n'est en droit de leur attribuer qu'une étendue déterminée, et qu'ils sont impénétrables par leur nature. Dès qu'il en est ainsi, ils vivent donc d'une manière isolée, indépendans au point de ne pouvoir se prêter à des affections communes, et de ne renfermer jamais en eux le principe, la cause des phénomènes apparens dans chaque maladie; car ces phénomènes sont attachés au corps entier, épandus dans toute sa substance, et non circonscrits, limités à tel ou tel point en particulier. Ce n'est pas tout; en approfondissant cette hypothèse, on arrive à la destruction nécessaire des particules du germe par les actes permanens d'assimilation et de destruction : en effet, les corps vivans se décomposent sans cesse pleinement et dans toutes leurs parties; leurs facultés fondamentales se rapportent même en dernière analyse à deux forces, l'une qui altère la matière, l'autre qui la meut, et il serait aisé de prouver qu'elles se trouvent le plus communément assemblées sous un rapport absolument inverse : le raisonnement, les faits et l'expérience s'accordent à cet égard. La constitution des êtres ne demeure point immuable dans les phases de la vie. L'enfant au berceau n'arrive pas au terme de la carrière humaine avec les élémens qui le constituaient d'abord : il s'accroît, se développe, il s'effectue en lui une intussusception de matière; plus tard, il dépérit, il se rapetisse en tout sens : une sorte de répulsion organique le dégrade jusqu'à la mort. Cependant n'ayant cessé de prendre des alimens qui s'identifiaient à son être, il semble qu'il eût dû s'accroître indéfiniment en raison directe de ce qu'il ajoutait à sa masse, s'il ne coexistait en même temps une force antagoniste qui le fait décroître dans la même proportion. Ce simple aperçu n'indique-t-il pas déjà l'existence d'une composition et d'une décomposition simultanée? Elles ont lieu en effet dans l'intérieur des organes, et s'achèvent dans chacune des plus petites parties, en vertu d'une action intime et moléculaire. Donnez à des animaux la racine de garance pour aliment, et leur système osseux sera teint en rouge; discontinuez cette alimentation, et leurs os reprendront leur teinte ordinaire après un certain laps de temps. Que conclure de ce fait, sinon que l'absorption interstitielle enlève insensiblement ce que la nutrition s'était approprié dans l'origine. Dès que le système osseux, si dur et si compacte, subit la loi d'une régénération non interrompue, on ne peut s'empêcher de l'admettre aussi dans les parties molles et fluides; elle paraît même devoir s'y exercer avec plus de facilité : l'injection d'une substance liquide opérée dans nos tissus disparaît assez promptement. Une ecchymose, un abscès interne, un épanchement de lymphe se résolvent souvent par un semblable mécanisme; le thymus, gros et volumineux dans l'enfance, se resserre avec l'âge et s'efface en entier; plusieurs glandes se rabougrissent, des corps étrangers introduits dans la machine animale sont corrodés par l'absorption vitale : on les retrouve comme vermoulus ; l'absorption elle-même n'est pas le mode exclusif adopté par la nature pour la rénovation des êtres. L'exhalation, la sécrétion entrent dans le même plan ; elles déchargent l'animal de certains produits devenus impropres au maintien de la vie ; ce qui n'est pas déversé au dehors, altéré, modifié dans ses élémens chimiques, récupère ainsi les conditions nécessaires à l'existence. Le départ des particules hétérogènes, comme la fixation des matériaux alibiles, ne préexiste pas dans le sang ou la lymphe ; chaque organe, chaque tissu puise à la source commune ce qui lui convient en propre : non-seulement il en fait le triage, mais il le travaille à sa manière. L'os, le muscle, le tendon, le nerf, le parenchyme ne deviennent tels que par une force hyperchimique. L'animal est comme le centre d'un tourbillon autour duquel la matière s'altère, meurt, retourne à la vie pour opérer une véritable métempsycose : pas une partie n'en est exempte ; ne s'opère-t-elle pas presque sous nos yeux dans les phénomènes de la cicatrisation, de la reproduction des membres de certains crustacées, de la rénovation annuelle de l'épiderme de quelques reptiles, et enfin dans ceux de la mue des plumes, poils et cornes d'animaux dans les espèces supérieures? C'est par cet admirable artifice de la nature que le corps humain oscillant entre deux forces opposées, est maintenu plus ou moins long-temps dans cet état d'équilibre qui constitue la santé. Ainsi, n'est-il pas bien avéré qu'après un certain laps de temps le corps se trouve détruit et reconstitué de toutes pièces? On est donc forcé d'admettre que le terrible germe, en supposant qu'il existe, a dû se disjoindre de la machine animale : comment aurait-il résisté victorieusement à tant d'efforts, à tant de surprises, à tant de réactions? Au surplus, toute partie constituante de l'être physique est elle-même ou vivante, ou un produit de la vie. Le germe est-il vivant, ce qu'il est absurde de supposer, il faut qu'il subisse les révolutions générales de la matière organisée : il se décompose donc. Est-il un produit de la vie? il varie encore comme la mixtion, la trituration des élémens constitutifs. Est-il en nous comme corps étranger? il ne saurait y demeurer long-temps sans être altéré, transformé en notre propre substance, ou bien expulsé de l'économie par une voie quelconque, comme impropre à contracter les caractères de l'animalité; d'où je conclus que le prétendu germe ne peut avoir une existence réelle.

Cependant l'apparition subite d'un vice héréditaire resterait à expliquer d'après les lois de la physiologie, car il est constant qu'une maladie peut se transmettre des pères aux enfans pendant des générations; mais, d'abord, on ne doit pas appeler héréditaires plusieurs des affections dont il est aisé d'apprécier les causes : ainsi l'apoplexie foudroie dans les familles ceux qui, par leurs habitudes ou la nature de leurs travaux, acquièrent la prédisposition nécessaire à sa manifestation. Un père dissolu, souvent pris de vin, par la seule puissance de l'exemple, entraîne le fils dans le même vice; les excès deviennent un besoin pour l'un comme pour l'autre, et bientôt il n'est plus temps de le maîtriser. Qu'arrive-t-il? C'est que le fils meurt, comme le père, par la seule influence des causes communes. Sous bien des rapports on peut en dire autant de la gale, du rachitis, des scrophules, des dartres; dès-lors la prétendue hérédité se trouve déjà restreinte dans un cercle plus étroit. Il n'existe donc pas un germe de ces maladies; bien plus, je pense qu'il n'en existe pour aucune de celles que l'expérience démontre être susceptibles de transmission (je ne parle pas des maladies contagieuses). Certes il n'y a point un germe de phthisie, de pierre, de rhumatisme, de scrophules, d'épilepsie, de folie, d'idiotisme; et quoique la transmission dans ces cas se montre sous les apparences de la réalité, il faut commencer par faire la part à un chacun des influences locales, du régime, de la constitution organique. D'ailleurs, quelle incohérence dans les idées relatives au germe! n'est-ce pas une chose bien étrange, de supposer un principe morbide chez un individu qui offre toutes les conditions de la santé? Frappé à une époque de la vie par une maladie quelconque, accusera-t-on le germe de l'avoir produite parce que le père en aura été atteint? Et si cette même maladie emploie vingt, trente, quarante années à se manifester, pourquoi la cause, toujours inhérente au corps, est-elle restée muette pendant un si long espace de temps? On sait encore que très-souvent elle manque d'accuser sa présence dans le cours de la carrière humaine. Un enfant issu de parens sains, devient cependant rachitique ou scrophuleux; un second dont l'auteur de ses jours est travaillé de l'un de ces maux, jouit néanmoins d'une santé parfaite : on voit donc que dans l'un de ces cas il faudrait imputer le mal à une affection que rien n'indique, et que dans l'autre l'infection, quoique probable, n'aurait produit aucun effet. Si le fils est scrophuleux comme le père, il paraît certain que cela tient moins à la propagation des molécules morbides qu'à la faiblesse de la constitution, à la prédominance du système lymphatique sur le système sanguin, prédominance innée ou acquise par l'éducation physique de l'enfance. Toutes les maladies héréditaires apparaissent selon les lois d'un mécanisme plus ou moins analogue, et jamais l'expérience n'a démontré la transfusion directe d'un agent spécifique. La phthisie pulmonaire est sans doute la plus redoutable de toutes ces affections : aussi a-t-elle vivement excité la sollicitude des médecins. Les nombreux travaux des Bayle, des Laënec, des Broussais, confirme ce que je viens d'avancer en thèse générale. Est-ce bien un germe pulmonique qui opère l'élongation du cou, la couleur rosée des pommettes, la blancheur des dents, l'aplatissement des côtes chez le phthisique par hérédité? Je ne puis admettre en lui qu'un écart, une aberration de la nature vers des formes anormales : voilà seulement l'effet de son triste héritage. La phthisie se déclare ensuite par l'influence des causes ordinaires, trop souvent suffisantes, malgré la bonne constitution des sujets ; d'après cela, il paraît naturel de croire que c'est uniquement par analogie qu'on attribue l'hérédité, par germe, à des maladies qui reconnaissent d'autres causes. On a vu que la siphilis, la variole, la fièvre jaune, la peste, l'anthrax, le pian demeuraient dépendans d'un stimulus spécifique; on en a conclu que les maladies susceptibles de se transmettre dans l'acte générateur, à l'embrion humain, devaient être subordonnées à des causes plus ou moins identiques. Ce raisonnement, quoique spécieux, n'est rien moins qu'exact. Il n'y a aucune parité entre les affections dites héréditaires, et celles imputées à un excitant particulier : et en effet, tandis que la rage, la variole, la siphilis, la scarlatine, la rougeole, la peste, le tiphus, la fièvre jaune, etc., apparaissent toujours dans un ordre rigoureux et peu distant de l'imprégnation morbide, les maladies héréditaires, au contraire, arrivent constamment à des intervalles fort éloignés, souvent même elles ne se montrent pas. D'ailleurs les formes extérieures, le tempérament ou la prédominance de certains systèmes d'organes, ne mettent point l'homme à l'abri des premières, elles n'augmentent pas non plus les probabilités de l'infection, tandis que les secondes ne sévissent que contre ceux dont l'existence se compose de ce concours de circonstances. De plus, l'infection dans celles-là est soumise à une force de résistance vitale qu'on appelle prédisposition : force établie sur une quantité innombrable de faits, et que je regarde comme superflu d'énumérer ici; lorsqu'elle cède aux efforts du stimulus, elle sollicite encore l'ensemble des forces vitales, et de leur commun accord résulte le période d'incubation, et enfin celui de l'explosion maladive. Il faut observer, en outre, que la cause de ces maladies subit une véritable élaboration dans la machine vivante, dont elle reçoit un surcroît d'énergie, en sorte que les probabilités de l'infection, pour des individus sains, augmente ou diminue, selon une échelle ascendante ou descendante, comme le nombre des malades. Une fois guéris, la prédisposition s'éteint pour un temps ou pour toujours, la fièvre jaune, la variole, etc., etc., le prouvent évidemment, et dès-lors ils ne conservent aucune trace de germe, ils ne transmettent jamais leur état maladif à leurs descendans : s'il se développe en eux, c'est par les mêmes causes qui frappèrent leurs prédécesseurs. Rien de semblable ne se passe dans les maladies héréditaires : il n'y a point la même liaison de la cause à l'effet; on ne devient phthisique qu'à l'âge de vingt ou trente ans. Dès que la maladie héréditaire ne parcourt pas le cercle caractéristique de l'infection par germe, il est évident qu'elle reconnaît d'autres causes : et en effet, choisissez, Monsieur, le système de génération que vous voudrez ; soyez épigéniste, croyez avec Hippocrate et Buffon que la semence provient de molécules organiques dérivées de chaque partie du corps ; soyez de l'avis de Leuvenkoëc, adoptez même la seule théorie qui paraît vraie, celle des ovaristes, toujours les objections seront insolubles pour vous, partisan du germe de corruptibilité.

La vie, subordonnée à la matière, n'arrive au faîte de la grandeur et de la puissance qu'après avoir imprimé à l'organisation le caractère des âges, et produit la maturité des systèmes dont se compose l'individu animal ou végétal. Elle se fait distinguer alors dans les genres comme dans les espèces par des formes extérieures, par l'énergie ou la faiblesse relatives de certaines fonctions ; cette manière d'être se renforce ou se modifie selon les habitudes ou le mode d'influence des agens extérieurs, et elle finit par devenir susceptible de transmission. Ainsi s'établissent les tempéramens sanguins, musculaires, lymphatiques, bilieux, nerveux, parce qu'il est contre nature qu'un système d'organes vive relativement au tout dans un état d'équilibre parfait : cette nécessité, loi générale, fonde une différence de végétal à végétal, d'homme à homme, et par voie de suite de nation à nation. Certes, il n'existe pas un germe de mutisme, de claudication, de ressemblance : l'organisation a elle seule décidé de tels effets. Pourquoi les molécules d'un cristal rhomboïde ou tétraèdre, dissoutes dans l'eau, s'accolent-elles toujours dans les conditions voulues, de manière à rétablir la forme primitive ? C'est, répondrez-vous, à cause de leur affinité mutuelle; mais l'affinité ne produit ordinairement qu'un magma informe. D'où vient donc cette régularité mathématique d'angles et de surfaces? Que si vous persistez à admettre l'affinité, elle s'opère donc avec choix, avec calcul : dès-lors j'explique de même par la vie l'hérédité de formes, l'hérédité de complexion, celle de tempérament, de maladie, de caractère. Remarquez, je vous prie, que je procède plus conséquemment que vous; car, enfin, qui voudra poser des bornes au futur contingent du principe de l'animation? Il donne à la matière et il reçoit de celle-ci; il peut donc transmettre dans la copulation son état particulier, plus celui de la constitution organique. Prenez l'enfant au berceau, suivez-le dans ses accroissemens, jusque dans sa décrépitude, et vous le verrez, comme ses pères, souffrant tour à tour d'incommodités variables au gré des ensembles d'organes qui le composent. Dans l'enfance, elles doivent être relatives à l'action dominante du système nerveux et du système lymphatique : aussi les affections convulsives occasionnées par la douleur de la dentition ou par les vers, telles que l'éclampsie, l'épilepsie, les coliques spasmodiques, sont-elles l'apanage de cette époque; à quoi il faut ajouter les éruptions, les croûtes, les ulcérations du cuir chevelu, de la face, des oreilles, les engorgemens des glandes. Bientôt cette cohorte de maladies s'évanouit pour faire place à celles de la puberté; à la mollesse, à l'expansion des solides, elle fait succéder plus de ton, plus de consistance. Cette révolution est un acte épurateur et critique de l'âge qui la précède; si elle n'est pas ce qu'elle doit être, en un mot, si elle ne produit pas une excitation générale, on voit apparaître les scrophules, le rachitis, et les flux sanguins ou muqueux : les maladies consomptives, l'amaigrissement, l'atrophie en sont les suites funestes. L'adolescence, ce stade de la vie que les sentimens les plus tendres et les plus expansifs occupent sans cesse, expose la raison aux plus singuliers écarts ; les fonctions génitales, les facultés morales et intellectuelles s'influençant réciproquement, donnent le jour aux riantes productions de l'imagination, et souvent encore à la mélancolie, à la nostalgie, au délire érotique, ainsi qu'à l'aliénation mentale. Les hémorragies nasales, les hémorragies du poumon, la disposition à la phlogose coïncident avec un plus grand développement du cœur et du système artériel ; alors se manifestent les maladies héréditaires des organes, de la respiration et de la circulation, comme l'asthme, la phthisie, l'anévrisme. Dans l'âge mûr, les veines prédominent sur les artères, soit que la circulation perde de son impétuosité par le progrès des ans, soit encore que la nutrition laisse échapper intacts plus de matériaux, ce qui produirait la pléthore veineuse : aussi les maladies abdominales sont-elles prêtes à éclore. Je retrouve ici les hémorroïdes, la manie, l'hypocondrie, les maladies du foie, les diarrhées opiniâtres ; enfin, la vieillesse étant caractérisée par la faiblesse des forces vitales et la rigidité du solide vivant, les affinités chimiques tendent sans relâche à secouer le joug de la vie pour produire les combinaisons de la matière morte. Le tableau physique et moral de cette époque retrace les images effrayantes de la décomposition : l'anesthésie, le tremblement, la paralysie, l'apoplexie, le délire sénil, l'ulcère des jambes ou bien leur infiltration passive, le scorbut, la goutte, la pierre, prouvent trop bien la décadence de l'homme et sa fin prochaine. Tel est, Monsieur, l'ordre que suivent dans leur apparition les affections héréditaires; elles sont constamment liées aux prédominances organiques : vous êtes donc forcé de convenir que leur véritable cause réside dans l'organisme lui seul.

Je crois avoir prouvé que les humeurs ne se détériorent que consécutivement aux fonctions; je n'ai donc pas besoin maintenant de parcourir le chapitre 2, où il ne s'agit que des causes de leur corruption. Vous voudrez bien vous souvenir que les influences générales de l'air, de l'eau et des lieux se passent généralement dans le mode indiqué. D'ailleurs, comme le dit votre auteur, il est assurément *bien moins essentiel de savoir* comment ou par quelle voie les humeurs d'un malade ont été corrompues, qu'il ne l'est de diriger les secours de l'art d'après un principe vrai: ce principe, nous l'avons montré en parlant des causes : ce n'est pas celui qu'il professe. Arrivons au chapitre 3.

«*Causes occasionnelles des Maladies.*»

« D'après la manière ordinaire de disserter sur le dé» rangement de la santé, on confond toujours les causes » occasionnelles des maladies avec leurs causes efficien» tes, c'est-à-dire, avec la matière qui fait ressentir la » douleur ou l'espèce de souffrance qui caractérise la » maladie d'un individu, et dont on ne parle jamais; » c'est un vide dans le raisonnement, c'est une erreur » extrêmement préjudiciable. » *Page* 16.

On appelle causes occasionnelles, tout ce qui jouit d'une action marquée sur l'homme, et causes efficientes, les agens en vertu desquels la maladie apparaît; mais les causes efficientes ne sont autres que les causes occasionnelles, puisque c'est par elles seulement que nous sommes malades, la prédisposition existant déjà. On les réunit donc avec fondement sous une même acception, et on se garde bien d'attacher à cette épithète *efficiente* la même signification qu'on lui trouve dans le livre de votre auteur, parce qu'on sait qu'il n'est pas de matière qui fasse ressentir la douleur ou l'espèce de souffrance caractéristique des maladies. Ainsi, que devient le reproche de vide dans le raisonnement? Où trouverons-nous cette erreur extrêmement préjudiciable dont nous sommes accusés? Nous les trouvons l'un et l'autre dans le morceau de critique littéralement transcrit; en effet, la douleur reconnaît pour cause le travail maladif, l'irritation, l'inflammation provoquées par les puissances externes, et non une humeur corrompue: je l'ai suffisamment prouvé en parlant des fluxions. D'autre part, jamais la douleur ou la souffrance n'ont caractérisé une maladie; son acuité ou sa faiblesse ne fournissent pas seulement les moyens d'apprécier si le danger est imminent ou éloigné: elle change avec les individus; les uns sont exagérateurs à raison de leur exquise sensibilité et de leur défaut d'énergie morale; les autres, dans des conditions opposées, la sentent et l'expriment telle qu'elle est, ou bien paraissent s'étudier à triompher d'elle. C'est donc bien gratuitement que votre auteur suppose une matière efficiente de la douleur, et que cette dernière caractérise les maladies. Combien de victimes la mort ne surprend-elle pas sans les percer de ses aiguillons rongeurs!

« On dit que le passage subit du chaud au froid est la » cause d'une maladie. Sans doute que cette espèce de » transition peut avoir produit une répercussion de la » matière de la transpiration; mais cette matière qui est

» la cause de la maladie appelée sueur rentrée chez les » uns, et autrement dénommée à l'égard des autres, sa » cause occasionnelle, qui dans ce cas est le froid survenu » après le chaud, a tout au plus amené l'accident. » *Pages* 16 et 17.

On ne peut douter que le froid appliqué à la périphérie du corps, pendant qu'il est en sueur, n'occasionne des maladies : la péripneumonie, le catharre, le rhumatisme, l'ophtalmie en offrent la preuve journalière. Consultez les malades, ils vous diront qu'étant en sueur ou en transpiration, ils ont été saisis par le froid, et que presque aussitôt la maladie s'est déclarée. Ici la liaison de la cause à l'effet est patente : dès-lors on ne peut se tromper. Cependant, si vous écoutez leurs raisonnemens, vous les entendrez déverser tout le poids de leurs souffrances sur l'humeur innocente de la transpiration. Le peuple (et bien des gens sont peuple en fait de médecine), les garde-malades, quelques médecins, adopteront la même opinion ; mais les erreurs de la multitude n'entrent pas dans le domaine de la science : ce n'est pas la matière de la transpiration qui occasionne la maladie. Quelle preuve, dira-t-on, avez-vous du contraire ? Est-ce que votre vue a percé l'enveloppe cutanée pour suivre cette matière à travers les vaisseaux lymphatiques jusque dans l'œil, lorsqu'elle occasionne l'ophtalmie, dans le poumon lorsqu'elle provoque le catharre ou la fluxion de poitrine, dans les muscles, les tendons, le périoste, les cartilages, les capsules articulaires lorsqu'elle suscite le rhumatisme ? Si vous n'avez d'autres preuves que la suppression de la perspiration et le développement de l'état morbide, vous concluez d'un fait vrai en lui-même, mais la conséquence porte entièrement à faux. Ces maladies peuvent survenir sans que la transpiration ait été supprimée; un verre d'eau froide, bu pendant qu'on est échauffé, détermine quelquefois le point pleurétique ou le catharre; l'insolation, l'éclat d'une trop vive lumière, sont bien plus aptes à donner le jour à l'ophtalmie que la sueur dite rentrée. Si les cryptes dermoïdes ne se prêtent plus à l'exhalation, c'est par le refoulement de l'acte vital, dont la tendance excentrique déviée, se dirige sur d'autres organes qui existent constamment dans une étroite dépendance vis-à-vis des tégumens communs. Une maladie de la peau, comme les dartres ou l'éléphantiasis, arrête le cours de la sueur et même de la transpiration insensible; l'enveloppe générale se dessèche plus ou moins, se racornit, se fendille, et les matériaux ordinairement exhalés par elle sont, dans ce cas, rejetés par les poumons sous forme de vapeurs, qui se condensent au point de mouiller les couvertures du lit des malades; quand les poumons n'effectuent pas ce travail, ce sont les reins où le canal digestif, qui sont à quelques égards réciproquement auxiliaires les uns des autres. Mille faits empruntés, soit à la physiologie, soit à la pathologie, le prouvent sans réplique, et jamais on n'a démontré que ces maladies reconnussent pour cause la suppression de la transpiration : elle ne survient dans ce cas, comme dans tous, que par l'effet du principe occasionnel du développement morbide. Ainsi, lorsque l'air ambiant refroidit notre corps, il étouffe pour ainsi dire les fumées de la peau; mais le mouvement vital, intercepté et fixé sur les organes sympathisans, contribue seul à la tenir déviée. Si la thèse que je réfute était véritable, il faudrait, ou bien que le froid ayant disparu la maladie cessât, car il n'y aurait pas de raison pour que la prespiration reprît alors son cours ordinaire, ou bien que les sudorifiques réussissent constamment. Or, la transpiration insensible n'apparaît de nouveau qu'autant que l'affection morbide commence à décroître ; souvent aussi elle arrive à son apogée, sans qu'une sueur abondante provoquée par la nature la diminue en rien, et les sudorifiques sont cent fois plus nuisibles qu'utiles. On ne peut donc pas dire que la sueur supprimée est cause de ces maladies, dès qu'elle ne se rétablit qu'autant que la guérison commence, et qu'excitée par l'art ou la nature, elle ne guérit que très-rarement. On est donc contraint de penser que le refoulement de l'acte vital, et non la sueur même, occasionne et entretient l'état maladif.

« *Chapitre* 4. »

Ce n'est pas assez pour l'auteur d'avoir disserté dans le chapitre 3 sur les causes des maladies, il revient à la charge dans le chapitre suivant. Sa cause prochaine ou efficiente lui tient si fort à cœur, qu'il persiste à soutenir que les médecins confondent avec elle les causes occasionnelles. Quant à nous, il nous suffit des premières réflexions faites sur ce reproche, et nous les croyons assez fondées pour n'y plus revenir. Arrivons donc à l'examen du sang considéré comme cause de santé et de maladie.

« A l'exemple des anciens, les modernes pensent en» core que le sang peut être la cause des maladies ou » de beaucoup de maladies. » *Page* 22.

On voit par là que notre aristarque n'est pas de l'avis des médecins du jour. Il n'est pas douteux cependant que le sang engendre bien des affections : la pléthore comme l'anémie ne les produisent que trop souvent ; j'affirme même que la pléthore, à laquelle on ne croit pas dans votre livre, est un état vraiment maladif. Cet adolescent d'un bel incarnat, à muscles gros et vigoureux, dessinant le prototype de la force, chez lequel une exubérance de vie se manifeste dans la généralité des fonctions, qui brûle dans ses poumons une quantité considérable d'air pur, dont l'estomac reçoit et digère à la fois un excès notable de nourriture ; cet homme dont le cœur bat largement, qui se meut par besoin avec pétulance et agilité, n'aura donc pas trop de sang ? Eh, Monsieur ! la nature nous le prouve : il est sujet à des hémorragies nasales, à la pneumorrhagie, quelquefois aux hémorroïdes ; et lorsque la crise salutaire n'a point lieu, voyez comme il devient triste, morose, accablé sous un excès de sang, qui ne tarde guère à donner le branle à une maladie terrible, comme la fièvre cérébrale, l'angine de poitrine ou la péripneumonie. L'effusion naturelle du sang soulageait ce malade dans une simple incommodité, elle le soulage et le guérit encore si l'art recourt à elle dans le moment périlleux : bien plus, il n'y a de salut pour lui que dans la saignée ; tous les médecins en conviennent d'une voix unanime, parce que l'expérience journalière le confirme. La fille pubère assujettie au flux mensuel perd tout son éclat, toute sa fraîcheur, en un mot tous ses charmes, si l'hémorragie utérine n'apparaît d'une manière périodique : elle devient sujette à l'histérie, aux convulsions, à la chorée, à l'épilepsie, à la chlorose. Il est vrai pourtant qu'il faut distinguer dans ce cas le vœu de la nature, la puissance de l'habitude qui le renforce, et enfin l'abondance du sang ; mais il n'en est pas moins certain

tain que ce dernier contribue pour sa part à l'explosion de chacun des états pathologiques subséquens à la suppression. N'est-ce pas la pléthore qui décide chez elle l'hémorragie subsidiaire de l'estomac, des poumons, des voies urinaires, du nez, des oreilles, de l'extrémité des doigts. Les praticiens citent une infinité d'exemples, desquels il conste que le cours périodique s'est maintes fois établi par de tels organes. C'est une nécessité pour certains individus, mâles ou femelles, de faire trop de sang, comme pour certains autres d'élaborer trop de bile, trop de mucus et de lymphe ; les révolutions des âges et des saisons dérangent ou favorisent alternativement cette propension acquise ou innée. D'où proviennent encore l'apoplexie idiopathique, l'anévrisme du cœur et des artères, la prédisposition aux phlegmasies ? Le fluide sanguin pèche effectivement par excès ou par défaut ; il se répare continuellement, parce qu'il éprouve des pertes occasionnées par la nutrition. Ainsi, à chaque instant il s'effectue en nous une dépense et une recette : l'une ou l'autre fait pencher la balance de leur côté. Voilà comment s'établissent la polyémie, la polysarcie ou la maigreur habituelle ou passagère ; mais dès qu'il subit une rénovation partielle, n'est-on pas en droit de supposer, quand même on manquerait d'autres preuves, qu'il est variable sous le rapport de la quantité et de la qualité ? Ma proposition reste donc appuyée par l'autorité des faits comme par celle du raisonnement.

« Si l'on concevait mieux qu'on ne le fait, que la » substance des corps animés dérive immédiatement du » premier besoin satisfait qu'ils éprouvent, on saurait » de même que c'est pour faire du sang que tous les ani- » maux mangent. » *Pages* 22 et 23.

En ce cas, Monsieur, je vous avoue que j'avais mal présumé de leur science; je ne les croyais point aptes à s'élever jusqu'à cette notion. Apparemment les naturalistes se sont trompés, en disant que les animaux mangent par besoin, par instinct, pour exercer leur sensibilité toute brute, concentrée au dedans, et dirigée vers la conservation de leur moi individuel; sans doute votre auteur a avec eux des relations plus intimes que les Buffon, les Lacépède et les Cuvier.

« Quand il sera reconnu que le sang est le seul fluide » qui reçoit cette substance pour en nourrir toutes les » parties qui composent le corps animal, on ne doutera » plus que ce soit de ce même fluide qu'il tient la vie. » *Page* 23.

La matière qui constitue les êtres vivans ne provient pas par voie d'exclusion du premier besoin satisfait. Elle ne se rend pas non plus en entier dans le sang : la nutrition lui emprunte bien la majeure partie de ses matériaux. Mais l'absorption cutanée dépose dans nos tissus des élémens qu'elle tourne à son profit; les bouchers, les boulangers, et tous les gens qui par état vivent dans une atmosphère saturée d'émanations animales ou végétales, sont frais, bien portans, surchargés d'embonpoint; et ordinairement ils mangent peu. D'autre part, les loirs, les marmottes, vivent pendant l'hiver aux dépens de la graisse amassée comme en provision : ils maigrissent jusqu'au réveil de leur longue léthargie. Il en est de même de quelques espèces de volatiles qui entreprennent de longues émigrations : l'espace de deux ou trois fois vingt-quatre heures les charge de graisse qu'ils consomment en voyage. La substance adipeuse n'est pas en entier fournie par le sang : elle provient principalement de ce dernier ; mais l'absorption directe par la peau, celle qui a lieu dans l'estomac, la circulation lymphatique générale, distincte de la sanguine, contribuent à sa formation. Donc on ne dit pas avec exactitude que la substance des corps vivans provient du premier besoin satisfait, et que le sang est le réceptacle commun de cette substance. S'il en était ainsi, comment se maintiendrait la vie des loirs, de certains reptiles, qui ne prennent point de nourriture pendant les six mois de l'année? Comment aussi les enfans atteints du carreau, et les adultes, dont le canal thoracique est oblitéré par un anévrisme de l'artère aorte, par une tumeur contre nature développée dans le voisinage; comment, dis-je, pourraient-ils survivre un temps plus ou moins long, le sang ne recevant point de chyle, ou en recevant une quantité insuffisante pour la nutrition? Le cancer de l'œsophage ou de l'estomac empêchent souvent d'ingérer des alimens; les individus alors se nourrissent de leur mucus, de leur lymphe, de la gélatine et de la graisse déposée dans le pannicule de la peau, dans les interstices musculaires, dans les aréoles du tissu cellulaire, dans les épiploons ; aussi se dessèchent-ils à vue d'œil, et retarde-t-on cette espèce de momification au moyen de bains de lait et de bouillon, etc. Après cela voyez encore, Monsieur, si c'est de ce même fluide que nous tenons la vie : il coopère à son maintien comme tous les fluides animaux. Il n'est pas vrai, non plus, que quand il est arrêté il n'y a plus d'animation ; la syncope, l'asphyxie suspendent son mouvement circulaire : cependant on sait qu'elles ne sont pas constamment suivies de la mort. Je n'en finirais pas, si je voulais relever toutes les erreurs contenues dans ce chapitre, qui me paraît le plus mauvais de tous.

D'après votre livre, Monsieur, *le sang ne doit jamais être suspecté de superfluité.* Nous avons prouvé le contraire. « S'il en était susceptible, la nature aurait pratiqué » des voies pour expulser le superflu, sinon continuelle- » ment, au moins périodiquement, et c'est ce qui n'existe » point. Le sang est renfermé dans les vaisseaux, et il » n'en peut sortir que par une ouverture exprès prati- » quée. » *Page* 23.

Je réponds que la nature se débarrasse de l'excédant de plusieurs manières, qu'elle fait concourir au même but.

1.° Elle détermine l'obésité; 2.° des sécrétions plus ou moins actives; 3.° des hémorragies critiques et souvent périodiques. L'obésité, en effet, coïncide toujours avec la pléthore. L'énergie des fonctions assimilatrices et l'atonie de la fibre, en sont la cause productrice. Elle doit être considérée comme un moyen de diminuer les élémens organiques du sang. Quant aux sécrétions, si elles sont actives elles y contribuent encore avec plus d'efficacité. Pour ce qui regarde les hémorragies, il ne faut pas être même du métier, pour savoir que la nature les sollicite souvent d'une manière critique, dans l'état de santé et dans le cours des maladies, telles que la pleurésie, l'hépatite, l'apoplexie, la fièvre cérébrale. L'étude et l'observation des faits analogues, fournit des bases au pronostic qui sert à distinguer l'homme de l'art des compétiteurs subalternes. C'est ainsi qu'un célèbre médecin appelé auprès d'un malade que ses collègues désespéraient de sauver, prononça hardiment sa libération prochaine, par une hémorragie des narines, et l'événement justifia la rectitude de cette prédiction. Ainsi, de même que l'excès du sang prédispose aux maladies, ou les occasionne, de même aussi la nature le détruit en le rendant à l'équilibre voulu par la santé. Donc ce fluide, quoique renfermé dans les vaisseaux, peut en sortir sans qu'on ait pratiqué une ouverture exprès. Le plus grand nombre des hémorragies a lieu par exhalation. Elles ne sont que rarement un résultat des lois hydrauliques; la vie les produit sans rupture des vaisseaux, comme le prouvent l'inspection et l'injection de ceux de l'estomac, dans les personnes mortes de l'hématémese, et ceux de la matrice chez les femmes qui ont succombé pendant le période des menstrues. D'ailleurs, n'existe-t-il pas des sueurs de sang, opérées par une véritable exhalation? Ignore-t-on que, d'après le rapport de nos historiens, un de nos rois mourut de cette maladie? Les pétéchies, diverses colorations de la peau pendant le travail morbide, et les taches du scorbut paraissent ne point différer du phénomène dont il vient d'être question. Certaines hémorragies affectent la périodicité, et votre auteur nous assure le contraire; qu'il aille donc le demander aux hémorroïdaires, pour ne faire mention que d'eux exclusivement.

Je ne multiplierai pas davantage les détails: j'en ai dit assez pour me faire entendre de vous, Monsieur, dont les lumières suppléeront à ce que je pourrais ajouter; ainsi je me repose sur vous du soin d'analiser dans le même esprit toutes les maladies quelconques. Alors vous jugerez le degré de précision de nos méthodes thérapeutiques, comparativement à celle expliquée dans le livre que je tiens de vous; vous déterminerez si les lésions cadavériques sont le produit de l'âcreté humorale; en un mot, si le véritable but de l'anatomie pathologique est de découvrir les effets morbides. Non, Monsieur, ce n'est point là ce que cherche principalement l'observateur qui fouille dans nos cadavres infects. Il y découvre, non point la cause première ni la cause prochaine dont votre auteur parle tant, mais la fusion de ces causes avec les externes, leur impression simultanée, ou la maladie qui parle à nos sens par les phénomènes appelés symptômes. Il aperçoit un dérangement, un état nouveau dans nos organes, lequel comparé avec les symptômes précédemment recueillis, est dans la corrélation de la cause avec l'effet. C'est à ce livre de la nature qu'il faut renvoyer les détracteurs de l'anatomie pathologique, et les humoristes, et tous les faiseurs de théories absurdes. C'est là qu'ils apprendront à rectifier leurs faux jugemens, à rapporter à sa véritable cause le trouble de l'économie malade, et surtout à mieux ordonnancer leurs moyens thérapeutiques; et en effet, l'art que nous professons, Monsieur, ne s'apprend pas entièrement dans les livres. Quelle que soit la vérité des traits par lesquels nos auteurs peignent la physionomie des maladies, leur fût-il même donné de saisir l'immortel pinceau d'Aretée, on ne saurait se dissimuler qu'il existe une différence frappante entre les impressions transmises à l'esprit par la lecture de leurs ouvrages, et celles transmises aux sens par la matière même; tandis que celles-ci laissent une empreinte ineffaçable, les premières ont toujours quelque chose de vague et d'indéterminé, qui ne peut être éclairci qu'au flambeau d'une savante clinique, et les mains teintes du sang des cadavres. Faut-il donc être étonné si des copies aussi fugitives s'effacent du souvenir des praticiens qui n'ont pas scruté la matière morte, et s'ils ne reconnaissent plus les formes de l'original lorsqu'il s'offre à leur observation. Telle est la source de leurs fatales déceptions. C'est ainsi qu'on voit une infinité d'enfans périr par les suites du croup, constamment traité comme un rhume qu'il simule à peine dans sa première période; c'est ainsi qu'on a vu des angines laryngées totalement méconnues, enlever dans vingt-quatre heures des hommes d'une constitution athlétique. Passer alternativement des méditations du cabinet à la clinique des hôpitaux, pénétrer dans ces lugubres demeures ou gissent entassés les trophées de la mort, plonger ses mains, ses regards au milieu de ces ruines hideuses, interroger tous ces débris putréfiés, observer, comparer, telles sont les épreuves imposées à quiconque veut être initié dans les mystères de la science. N'est-ce pas à cette école que se sont formés nos grands maîtres? N'est-ce pas là qu'ils ont puisé ce tact médical, cette sorte de divination qui les distingue? Combien de fois ne les avons-nous pas vus au milieu de leurs doctes leçons, signaler d'un coup-d'œil, les affections les plus obscures, tandis que nous, faibles et timides élèves, pouvions à peine, aidés de tous nos sens et de tous les moyens d'exploration, arriver à la conception d'un jugement soudain, et pour ainsi dire, instinctif? Honneur et gloire à ces illustres personnages dont les labeurs ont reculé les limites de la science, perfectionné tous les moyens d'enseignement public, et dont le génie et les vertus commandent à la fois le respect, l'admiration et la reconnaissance!

Las de traîner mon attention d'erreur en erreur, je suis contraint de passer plusieurs d'elles sous silence, et de m'attacher seulement à celles qui peuvent devenir d'une importance majeure dans la pratique. Ainsi, Monsieur, ne tenez pas pour inexpugnables les principes de la page 24. D'ailleurs, j'en ai dit assez pour faire comprendre combien ils sont fautifs. Le désir d'atteindre le but que je me suis proposé, et l'ennui qui résulte d'une lecture fastidieuse, ne me permettent pas de les examiner en détail. Il en est de même de tout ce qui termine le chapitre dont je m'occupe. La comparaison du sang avec le vin, des humeurs avec la lie, de celle-ci avec les fécalités de la digestion; enfin, la sanguification et la fermentation vineuse, rangées sous un même chef, me dispensent de toute critique. J'abandonne encore à votre auteur le soin de concilier les deux propositions suivantes. *Le sang est le fluide épuré par la nature, il ne s'allie donc avec rien d'impur.* Page 24 et 25. *On leur soutiendra aussi que le sang surchargé d'humeurs dépravées, fait continuellement des efforts pour se délivrer de cette matière hétérogène.* Page 27.

Je me dispose donc à terminer mon travail, déjà peut-être trop long. Toutefois, je ne puis m'empêcher d'ajouter quelques mots sur le vrai traitement des maladies. Ce que j'en vais dire sera la réfutation directe de celui de l'auteur; et pour qu'il ne soit plus question de lui, je laisse intact le reste de l'ouvrage, qui me paraît n'être autre chose qu'un mélange informe de mauvaise physiologie, de pathologie où l'on a peine à se reconnaître, et enfin, de thérapeutique entièrement fondée sur l'empirisme le plus grossier. Mon dernier article sera en quelque sorte calqué sur les propositions que j'aurais dû combattre, si j'avais voulu continuer de suivre l'auteur pas à pas.

« *Traitement.* »

Nous touchons enfin à ce qui fait l'honneur et la gloire du médecin, bien plus encore à ce qui importe à la santé publique. Le traitement est, en quelque sorte, le plaidoyer d'une cause majeure, confiée à des mains présumées habiles, pour préparer et réunir les moyens propres à faire triompher la nature luttant contre la maladie. Il ne doit jamais consister en des combinaisons fortuites, de remèdes et d'arcanes tenus dans l'ombre du secret, ou vantés publiquement. Il ne suffit pas d'opposer une préparation à une maladie donnée, et de croire avoir tout fait quand on vient de l'administrer. Trop de gens s'imaginent que voir des malades, assigner un nom à la cause de leurs souffrances, et posséder des recettes de médicamens, composent la science de la médecine pratique. Trop souvent aussi un vil intérêt composant avec l'honneur, cherche à nourrir ce fatal préjugé. Mais s'il est vrai que telle n'est pas la base de la thérapeutique, il faut bien l'indiquer à ceux qui s'obstinent à la méconnaître.

L'étude des organes, celle des tissus divers, dont notre machine se compose, celle de leurs fonctions dans l'état d'intégrité parfaite, amènent à l'étude des maladies. On ne les connaît bien que par leur comparaison avec la santé. L'état normal est donc en tous points le terme de départ. Comment apprécier, en effet, le degré d'importance d'une lésion de la sensibilité, de la faculté contractille, de la respiration, de la circulation, si on ne s'est rendu familier avec le mode naturel? De même, si la constitution organique est méconnne dans le type primordial, on ne pourra jamais bien saisir les ravages occasionnés par la maladie, on ne verra que ce qu'il y a de plus grossier, de plus tranchant, et par voie de suite, l'anatomie pathologique, dans des cas analogues, ne viendra point éclairer, comme elle doit le faire, le diagnostic, le pronostic et le traitement. Ainsi la gravité d'une affection morbide se conclud des désordres qu'elle entraîne dans une ou plusieurs fonctions, et leur dissemblance avec l'état de santé constitue les symptômes, à l'aide desquels nous statuons sur la nature, le siége de la maladie, sur les altérations de tissu qui lui sont propres, et enfin sur les moyens à lui opposer pour la combattre.

Ce n'est pas tout; les lois de *consensus* ou d'harmonie vitale sont indispensables à connaître. Sans cela, il arrivera souvent qu'on croira traiter une maladie complexe parce que plusieurs organes paraissent malades à la fois, à raison de leurs rapports mutuels de sympathie; cependant, un seul étant affecté, les autres expriment une douleur dont la cause ne réside point en eux; à cet égard, on est toujours près de l'erreur, si l'on ne scrute le fonds de la maladie, afin de débrouiller l'aspect nébuleux sous lequel elle se présente.. Alors tout est bien, le médecin procède avec rigueur à l'emploi d'une méthode de traitement. Il ne peut manquer d'être lumineux, et plein de sécurité, s'il ajoute à ces notions préliminaires, l'observation clinique, et le savoir des effets sur l'économie, des agens de la matière médicale et de l'hygyène; voilà ce que suppose la thérapeutique, c'est-à-dire, l'art de traiter les maladies. Voilà aussi, Monsieur, ce qu'on ne trouve nulle part dans votre livre. Convenez donc combien sa lecture est dangereuse pour les gens du monde, étrangers à toutes ces matières, et par conséquent impropres, quelle que soit d'ailleurs leur instruction, à se prémunir contre le danger.

La thérapeutique est la science des indications à remplir. Elle ne se meut d'elle-même, qu'après avoir emprunté des leviers à chacune des sources indiquées plus haut; mais les faits qui la constituent et la réunissent en un commun accord, avec la médecine théorique et pratique, sont si nombreux et si opposés en apparence, qu'une classification devint indispensable, non pas tant pour diviser et subdiviser, que pour présenter à l'esprit, dans un cadre resserré, le moyen de les voir sous toutes leurs faces; on créa donc des méthodes, afin de s'épargner une étude toujours embarrassée par la minutie des détails; et les choses étant ainsi disposées, on ne put se passer non plus d'une nomenclature. Il n'est pas une science qui n'en retire de grands avantages quand elle brille par l'exactitude et la clarté.

Dès qu'une nomenclature et une classification sont les sœurs congénères de la science, et que la thérapeutique ne gît pas dans l'emploi répété d'une formule, on dut chercher dans la nature, des agens capables d'effectuer sur les individus, des phénomènes pareils ou dissemblables à ceux que déterminent les affections pathologiques. De là, ces deux axiomes: *Contraria contrariis curantur, similia similibus.* En dernier résultat, une médication quelconque se réduit ordinairement à l'un ou l'autre de ces deux principes, et quelquefois à tous deux. Cependant, comme ce serait se conduire d'une manière empirique, que de recourir à leur application, sans un examen ultérieur, et qu'on s'exposerait ainsi à de graves accidens, on dut étudier les circonstances dans lesquelles on pouvait les mettre en pratique sans danger pour les malades. Alors prit naissance l'art de saisir et de remplir les indications, comme les contre indications; il est le résumé succinct des notions acquises en anatomie, en physiologie, en pathologie, en anatomie pathologique, et en matière médicale. Celle-ci fournit au médecin des armes qui deviennent salutaires ou nuisibles, suivant la combinaison bonne ou mauvaise. Elles ne sauraient être comptables du résultat. Le médecin en assume sur lui la responsabilité entière. Lors donc qu'il administre un remède, il se trouve dans la nécessité de provoquer des effets vraiment curatifs de la maladie. A cette fin, il compare son mode naturel de solution, avec l'énergie des moyens qu'il veut lui opposer; il considère le génie de l'affection morbide, le siège qu'elle occupe, le période auquel elle est arrivée, la cause qui lui a donné naissance et l'entretient. L'état général des systèmes l'occupe à son tour, et d'une infinité de données concomitantes, telles que l'âge, le sexe, le tempérament, l'habitude, le climat, la saison, etc., il déduit les règles de sa conduite. De cette manière il apprend que la nature excite des mouvemens variés dans les appareils organiques, que tantôt il doit les accélérer, parce qu'ils sont faibles ou impuissans, que d'autres fois il doit, au contraire, les retarder, les modérer à cause de leur pétulance, ou bien encore, les remettre dans la bonne voie dont ils semblent s'être éloignés par une sorte d'aberration vitale. De là, cette grande division de la médecine agissante et de la médecine expectante. Mais avant que d'opter entre les deux, le jugement connaît de leur urgence actuelle, et s'il faut agir, ou observer l'expectation, les chances qui en découlent ont été calculées.

Les maladies diffèrent entr'elles autant par leur marche, leur essence, l'organe qui en est le siége, que par leur manière de conduire à la mort, à la santé, ou à d'autres maladies consécutives. Les crises qui leur sont propres n'affectent pas une seule et même direction; les unes se guérissent par des hémorragies, les autres par les sueurs, celles-ci au moyen du vomissement et de la diarrhée, celles-là par un flux abondant d'urines, etc.; quelques-unes tuent le malade, sans que la nature ait presque eu le temps de se reconnaître. Il est donc bien évident qu'elles ne sauraient être traitées par une seule méthode; que ce qui est utile dans un cas, sera dans un autre on ne peut plus dangereux, et enfin, qu'il n'existe point un remède universel. L'avantage obtenu d'une crise dans telle ou telle circonstance, suggéra l'idée de provoquer artificiellement un effet semblable lorsqu'on vit qu'elle n'apparaissait pas; le succès couronna cette inspiration, et bientôt, appuyé de la théorie et de l'expérience, on posa les règles générales de la médication par telle ou telle substance : ainsi fut reconnu le besoin de la saignée, des émétiques, des purgatifs, etc., à des signes non équivoques. Il en est de même de tous les autres remèdes; dès que leurs influences sur l'économie ont été constatées, qu'on a été certain que la puissance vitale en déterminait d'analogues ou d'opposées, pour établir ou détruire un état maladif, on s'est empressé de les introduire dans la matière médicale. L'observation, le hasard, quelquefois l'empirisme lui ont donné le jour, et la physiologie, de plus en plus éclairée, en a sanctionné ou restreint l'usage. La médecine-pratique, arrivée à ce point, a dès ce moment divisé les remèdes en différentes classes : chacune d'elles représente des actions générales ou spécifiques sur nos organes comme sur les forces de la vie. De même elle a divisé les méthodes de traitement : elles se réduisent aux méthodes naturelles, analytiques et empiriques. Les premières ne sont que l'imitation des déterminations spontanées des forces vitales : elles exigent un talent particulier d'observation et une pratique assez étendue, comme celle que peut fournir un grand hôpital. Les secondes sont le complément des artifices de la science : peu de gens sont appelés à les employer avec habileté; on a recours à elles dans les cas épineux où les foyers d'irradiation vitale paraissent tous frappés à la fois de stupeur ou d'exaltation, et que la cause ou le siége du désordre échappe à l'œil sagace du praticien : une analyse exacte lui dévoile alors ce que le tact interne n'avait pu découvrir du premier coup. Les troisièmes sont l'opposé des précédentes ; elles consistent dans une génération successive de perturbations, suscitées sans autre règle que le caprice, l'ignorance ou l'analogisme : un remède s'est-il montré efficace dans une maladie, on l'applique à une maladie semblable sans autre examen. Le praticien sage a recours à elles seulement, quand il acquiert la conviction qu'il échouerait par d'autres procédés ; mais il n'oublie pas qu'il marche sur les bords d'un précipice, au fond duquel croulerait le malade s'il avait la témérité de le mouvoir avec trop de violence. Vous voyez, Monsieur, que ces trois méthodes sont bonnes en elles-mêmes, que cependant elles n'offrent pas une égale garantie. Les succès les plus prompts et les plus inespérés appartiennent peut-être à la dernière ; toutefois, ce n'est pas une raison suffisante pour n'employer qu'elle exclusivement : elle est souvent dangereuse dans les mains les plus habiles ; je vous laisse donc à penser ce qu'elle doit être, dirigée sans connaissance de cause. Maintenant, Monsieur, vous n'aurez aucune peine à concevoir comment avec une fort mauvaise théorie on obtient cependant quelquefois des succès, lors même qu'elle sert de base à la pratique. Vous déterminerez aussi, avec facilité, le rang qui doit être assigné à la méthode de votre auteur dans l'ordre de celles dont il vient d'être question.

C'en est assez, je termine mon travail. Vous voudrez bien m'épargner la peine de faire des applications des principes de thérapeutique à des cas particuliers, je serais contraint de passer en revue tous les agens de la matière médicale, pour réfuter ainsi d'une manière directe les assertions erronées contenues dans le livre que vous m'avez transmis. D'ailleurs, je me suis engagé seulement à combattre les propositions fondamentales, et à y substituer celles que les grands maîtres de l'art professent généralement aujourd'hui : j'ai fait en sorte de remplir ma tâche.

Veuillez agréer l'expression des sentimens de la considération très-distinguée avec laquelle j'ai l'honneur d'être,

Monsieur,

Votre très-humble et très-obéissant serviteur,

CAZAUGRAN, *Docteur-Médecin,*
Membre correspondant de la Société de Médecine-pratique de Paris.

A TOULOUSE, DE L'IMPRIMERIE DE J.-M. DOULADOURE.

www.ingramcontent.com/pod-product-compliance
Ingram Content Group UK Ltd.
Pitfield, Milton Keynes, MK11 3LW, UK
UKHW012102240726
13965UKWH00004B/1471